U0907825

日知文丛

矮纸斜行

张新颖　著

浙江古籍出版社

图书在版编目（CIP）数据

矮纸斜行 / 张新颖著 . -- 杭州 : 浙江古籍出版社，2021.8

（日知文丛）

ISBN 978-7-5540-2060-9

Ⅰ . ①矮… Ⅱ . ①张… Ⅲ . ①散文集—中国—当代 Ⅳ . ① I267

中国版本图书馆 CIP 数据核字（2021）第 147671 号

矮纸斜行

张新颖　著

出版发行　浙江古籍出版社
（杭州体育场路 347 号　电话：0571-85068292）
网　　址　https://zjgj.zjcbcm.com
责任编辑　周　密
特约编辑　王钰哲
封面设计　吴思璐
责任校对　张顺洁
责任印务　楼浩凯
照　　排　浙江时代出版服务有限公司
印　　刷　浙江海虹彩色印务有限公司
开　　本　889mm × 1194mm　1/32
印　　张　8.25
字　　数　172 千字
版　　次　2021 年 8 月第 1 版
印　　次　2021 年 8 月第 1 次印刷
书　　号　ISBN 978-7-5540-2060-9
定　　价　50.00 元

小引

书名出自陆放翁的诗《临安春雨初霁》，“小楼一夜听春雨，深巷明朝卖杏花”是其中的名句；我还喜欢接下来的两句：“矮纸斜行闲作草，晴窗细乳戏分茶。”钱锺书注这首诗，特意点出陆游为什么说“闲作草”：据传草书大家张芝“下笔必为楷则，号‘匆匆不暇草书’”；北宋流行两句谚语说，“事忙不及草书，家贫难为素食”。我写的这些随意散漫文字，自然不比草书，却也是时日所积，也自有它的“楷则”。

取“矮纸斜行”四个字，多少还有一点点与“高头讲章”相对的心思吧。不过这心思并不严重，若有若无而已，严重了就受限制了。

书里与书外，文本和人事，写书人及读书人——记下的这些，时空遥隔也好，置身其中也好，都源于一点切身的感受和体会。感受的深与浅，体会的多与少，倒在其次；重要的是切身，哪怕只是一点点。

选五十篇，分六辑，纪念有涯之生中的阅读时光。

张新颖

二〇一〇年十二月，复旦大学

目　录

第三辑

第四辑

第五辑

第六辑

第一辑

寻访戴望舒游学法国的事

秋天在巴黎七大举行了一个小型研讨会“十位中国现代作家的法国经验和文学创作”。复旦和巴黎七大策划这么具体的题目，为的是把实地考察和学术讨论都落到实处；那种大而无当的会议空话、套话、漂亮话，真是让人哈欠连天。而在这个经过长期准备的小会上，有实在内容的发言，让互相熟悉的与会者之间，也彼此惊讶。

我不是要报告这个小会，而是要说说因此而聚集到一起的一些大大小小的事情，这些事情远远近近都与会议议题中的诗人戴望舒，有着这样那样丝丝缕缕的关联。

里昂三大的利大英（Gregory Lee）教授在会前的午餐时刻匆匆赶到，举杯之际我向他请教，戴望舒到底是什么原因被里昂中法大学开除的？利教授眨了眨眼睛，说:“这个问题留到开会时候谈吧，现在喝酒。再来一杯怎么样？”说着他又给我斟上了酒。

开会的时候利教授讲他的戴望舒研究，边讲边拿各种资料，讲着讲着拿出一封信，是施蛰存写给他的。我们传看这封短信，我回想二〇〇八年大象出版社出版的《施蛰存海外书简》，里面好像没有，就用数码相机拍了下来。此信写于一九八二年七月五日，抄录如下：

利大英先生：

收到你的信，知道你又要来中国，我很高兴，希望不久能会见你。

现在我给你一个书目，请你随便代我买几本，买不到也不要紧。不过，H.Read 的 *Meaning of Art*，这本书最好能买到，我很想再读一下。

你打印的一首诗是我的旧作，1934 年写的。中文处理器是怎么样一个机器？我不知道，是打字机一类的吗？

我很高兴等候你来。

问好。

施蛰存

P.S.

《戴望舒诗集》的法文译本已出版，我给你留了一本。

那个时候的利大英是住在伦敦的“一个英国青年”（施先生在《诗人身后事》一文里这么称呼他），多年以后变成了法籍教授。意外看到这封短简，有点兴奋；略微遗憾的是，施蛰存所开的欲购书目，没有同时见到。

利大英的英文著作 *Dai Wangshu: The Life and Poetry of a Chinese Modernist*（The Chinese University Press, Hong Kong, 1989）出版后，施蛰存在《诗人身后事》一文中郑重推介，说它“给研究中国现代文学的西方学者，树立了一个典范”。施蛰存是戴望舒最亲密的朋友，《诗人身后事》总结和交代亡友去世后四十年来，他为亡友所经营的后事：文稿的保藏、编集、出版等等，令人感慨他对亡友长久的责任和深情。当他看到“第一本用英文写的戴望舒评传”，其心情自然不比寻常。

我翻看利大英教授的这本著作，注意到几个细处：它是题献给施蛰存的；书里有多幅人物照片，第一幅居然不是戴望舒，而是施蛰存，一九八二年摄；书的最后一幅照片，我以前没有看到过，恐怕也不太容易看到：是戴望舒和施绛年（施蛰存的妹妹）的合影，两个人并排坐在船上的两把藤椅里。那应该是一九三二年十月八日，戴望舒从上海乘船赴法游学，“送行者有施老伯，蛰存，杜衡，时英，秋原夫妇，呐鸥，王，瑛姊，萸，及绛年。父亲和萸没有上船。我们在船上请王替我们摄影。”（戴望舒《航海日记》）

话再回到那天的会议。却说眼见利大英教授出示的施蛰存书信引起大家的兴趣，巴黎七大的尚德兰（Chantal Andro）女士说她那里有艾青的信和诗，不一会儿就从办公室拿了过来。二十世纪八十年代，著名的《欧罗巴》杂志想发表艾青的新作，就请翻译过艾青《诗论》的尚德兰女士约稿；艾青很快回信，同时寄来两首诗。没想到这两首诗让《欧罗巴》很为难，觉得似乎不像艾青以前的诗，又好像不太像是诗，最终还是决定不发表。这两首诗的名字是《敬礼，法兰西》《巴黎，我心中的城》，我不清楚九十年代出版的《艾青全集》是否收录了。

第二天去里昂，利大英教授带我们参观市立图书馆馆藏里昂中法大学的档案资料和图书文献。这一下眼睛可不够用了。单说个人档案，是看常书鸿、敬隐渔呢，还是看潘玉良、苏雪林、张若名呢？甚至王独清申请中法大学没有通过，档案资料也保存了他的一封申请信。

我的心思还在戴望舒，他的档案非常完整。

戴望舒到法国后，大约一年的时间生活在巴黎，很快经济上难以支撑，于是申请到里昂中法大学读书。一九三三年六月二十八日，戴望舒致信校长。他的法文手迹真是漂亮，满满两页的信函之后，还附了一页他翻译的法文作品目录，也是写得满满的：《奥加珊和尼各莱特》《鹅妈妈的故事》《少女之誓》《高龙芭和珈尔曼》《弟子》《天女玉丽》《紫恋》《法兰西短篇杰作集》《法兰西现代短篇大系》《陶尔逸伯爵的舞会》等。可是校方回函说，从他翻译的这么多东西里，看不出他要申请读书的方向和计划。戴望舒又写一封长信，这次是满满三页纸，说他要学习法国文学，打算两年读本科，再用两年读博士学位。校方再回一函，希望他提供在上海震旦大学学习法国文学的成绩证明等。戴望舒写第三封信，两页。这次总算过关。十月一日，戴望舒入学注册。奇怪的是注册证明上，他把自己的出生日期写成一九〇四年，实际是一九〇五年。十月二十日，戴望舒获得优待，准予享受助学金。这样他的生活问题就解决了。

一九三四年八月二十二日，戴望舒离开里昂到西班牙旅行，十月十九日返校。在西班牙，他参观了富有历史意味和文学情趣的地方，看电影，逛书店，还发现了一批由早期耶稣会传教士带到西班牙的中国书籍，据此写了一篇《西班牙爱斯高里亚尔静院所藏中国小说、戏曲》。有人向校方报告，戴望舒在西班牙参加了政治活动，是西班牙左翼的支持者，而政治活动在中法大学是被禁止的。校方致函戴望舒，请他作出解释。戴望舒写了满满两页，解释他这五十九天的所作所为。

最终戴望舒还是被除名了，一九三五年二月离开里昂，从马赛乘船回国。擅自离校作西班牙之行，有参与政治活动的嫌疑，是被开除的一个原因，但不是全部原因。还有一个可能更重要的原因是，戴望舒不去上课，也没有成绩。当年与戴望舒住同一个宿舍的罗大冈回忆说："戴望舒是按照公费生的待遇，可不是正式公费生。我是正式公费生，我天天要上课，跟法国学生一起上课，一起做作业。他什么都不管。他准备住两年以后走啊。两年以后，你没有成绩，你非走不可。"

戴望舒离开里昂之前，重又游历巴黎，住在十四区 Daguerre 街四十八号一个朋友那里。有可能是在这里，戴望舒写了一首《灯》。法国两年，戴望舒忙于翻译，诗却只写了两首《古意答客问》和《灯》，都是即将离开法国的一九三四年十二月写的。《灯》里有这样的句子：

采撷黑色大眼睛的凝视
去织最绮丽的梦网！
手指所触的地方：
火凝作冰焰，
花幻为枯枝。
灯守着我。让它守着我！

有意思的是，今天里昂三大的校园，就是当年戴望舒应该来上课的校园里，还为戴望舒种了一丛丁香树，旁边有一块牌子，上面的中文是："纪念中国诗人戴望舒　里昂中法大学学生"。我猜想，这大概是利大英教授的主意吧。

下午参观中法大学。走了不少上坡路，还要坐索道车，到了山顶，才算到了。我问是否当年就有这种索道式的公交车，回答说是的。也难怪戴望舒不去上课，这么不方便。原来叫作中法大学的这个地方，只是宿舍，学生上课要到山下的里昂大学。这个地方更早的时候是座兵营，有点城堡的样子，墙上留着射击孔。里面草木杂生，迎面一种树，满身大片大片的黄叶，树下也落满了大片大片的黄叶，厚厚的，不知几层。大家都叫不出这树的名字，陪我们来的费南教授去问一个不认识的中年人，那人也不知道，却说，你留个电话，我弄清楚了给你打电话。黄昏时分，我们早已下山，走在熙熙攘攘的市区街道，费南的手机响了。他告诉说，那是椴树。

二〇〇九年十一月二十四日

芝加哥大学图书馆所见沈从文签名本

一、耐烦

在芝加哥大学东亚图书馆，无意中看到沈从文的签名本。一天下午，Regenstein 图书馆的地下 B 层，我在一排排书架之间没有目的地闲逛，看到一本沈从文的小书，就随手抽出来翻了一下，惊讶地发现有作者签名。再翻旁边的一本，还有签名。我索性把那一排沈从文的著作翻了个遍，发现签名的有十余种，都是竖行写的："沈从文　一九八一年一月廿七（日）"。"日"字或有或没有。一九五七年人民文学出版社版《沈从文小说选集》，绿色封面上题签的是："沈从文　一九八一年一月廿七访问支加哥大学"。

这就可以解释这些签名本的来历了。一九八〇年十月二十七日，沈从文和张兆和应邀赴美，在到次年二月十七日离美的三个多月的时间里，马不停蹄地走访了许多地方，多所大学，演讲多达二十余次。芝加哥大学是其中的一站。可以想见，沈从文到此，主人从图书馆里找出了他的一大堆书。

在我的想象中，耐烦成了他签名情景中看不见的核心因素。这个老人，他很耐烦地一本一本地写。用钢笔，笔画清晰，硬朗，绝不潦草，不仅写上名字，还写上日期。商务印书馆版《主妇集》在封面上签有名字和时间，在内封上又重写了一遍。沈从文过去有在封面上签名的习惯，这次《沈从文小说选集》也是签在封面上的。芝大图书馆给平装书都做了硬壳封面，所以签在书原来的封面上其实也并不显得突兀。可能旁边有人提醒他《主妇集》签到封面上了，他就再翻开封面签到内封上。

耐烦，是他一直喜欢用的一个词。

二、三种情况

好几天我脑子里都转悠着“耐心”这个词，于是又去了一次图书馆，仔细察考沈从文签名本情况。找到签名本十三种，分别是：

1.《都市一妇人》，上海新中国书局，一九三三年六月再版（一九三二年一月初版）；

2.《如蕤集》，上海生活书店，一九三四年六月初版；

3.《记胡也频》，上海大光书局，一九三五年十月三版；

4.《主妇集》，商务印书馆，一九四〇年七月再版（一九三九年十二月初版）；

5.《湘行散记》，开明书店，一九四六年十月再版（一九四三年十二月初版）；

6.《湘西》，开明书店，一九四六年十月三版（一九四四年四月初版）；

7.《月下小景》，开明书店，一九四九年一月五版（一九四三年九月初版）；

8.《春灯集》，开明书店，一九四九年一月五版（一九四三年九月初版）；

9.《黑夜》，开明书店，一九四九年一月五版（一九四三年九月初版）；

10.《从文自传》，开明书店，一九四九年一月四版（一九四三年十二月初版）；

11.《沈从文选集》，“中国新文学丛书”之十六，（香港）文学出版社，一九五七年四月初版；

12.《沈从文小说选集》，人民文学出版社，一九五七年十月初版，印数二万四千册；

13.《沈从文甲集》，（香港）一新书店，无出版年月。

这里有三种情况值得提出：

一、其中5、6、7、8、9、10这六种，都属于开明书店出版的“沈从文著作集”系列，封面统一，是稚拙的“小虎花园”图案和儿童字，每个书名下都标有“改订本”字样。抗战期间沈从文在昆明西南联大，花很大精力系统修订自己的作品，交给开明书店，从四十年代初开始陆续出版。这实际上带有全面总结过去创作的意图，同时也希望这一套著作的版税能够对生计有所补贴。一九五三年春，开明书店致函沈从文，大意说：尊作早已过时，开明版所有已印作品及纸型，均已代为销毁。

二、一九八一年初，国内沈从文著作的出版有多种已经在酝酿，年内就有几种面世，但在芝加哥大学讲学时，他只能在唯一一本新中国成立后出版的小说选集上签名。当年这本选集出版后，沈从文一时兴奋，在给他大哥的信里说：“第一版印二万四，如二年内能销到十万左右，生活略有些保障，不必向公家借钱，我也许还可自由支配一下生活，有几年不做事，专回到乡下写两本书。”

三、沈从文签名的时候，一定会发现，有两种书他没有见过，这就是香港翻印的《沈从文甲集》和香港编选的《沈从文选集》。这是一种颇堪玩味的情形。在二十世纪特殊的历史阶段，在大陆，沈从文的创作不能出版；在台湾，一九八七年以前，沈从文的作品和大部分的新文学作品一样被列为禁书。马悦然在沈从文逝世后三天发表的悼念文章感慨：作为一个外国的观察者，发现“大陆和台湾的中国人”，“自己不知道自己伟大的作品，我觉得哀伤”。可是在香港，从五十年代到七十年代，却有不少新文学作家的书被翻印，沈从文的作品也在其中，不仅在本港销售，也销往南洋各地。

这种翻印，严格说起来就是盗版；但当时大陆和香港均未加入伯尔尼公约，其情形与今天的盗版自然不同，实际上确有作家高兴自己的作品被翻印。我在芝大图书馆还找到几种沈从文著作的香港版本：《春》，文利出版社，一九六〇年十月版，内收《春》《龙朱》《八骏图》《腐烂》四篇作品；《湘行散记》，新文学研究社，一九七五年九月港一版；《昆明冬景》，“刁之丛书”之一，刁之出版社，一九七六年一月版。

现在不少人以为，沈从文的《边城》首次拍成电影，是由凌子风执导、一九八四年完成摄制的同名影片；其实早在一九五二年，香港就拍摄了根据《边城》改编的黑白片《翠翠》，导演严峻，他还同时饰演其中的外祖父和二佬，林黛饰演翠翠。一九五三年公映后，女主角一炮而红。这部电影在香港早期电影史上有重要的位置，电影插曲也风行一时。

上述第三种香港出版及相关情况的研究，似乎没有得到足够的重视。事实上，在香港这个特殊的社会政治文化空间里，在特殊的时代，这样一种文学的传播方式可能产生的多方面意义，并非不值得探究。

三、一个例子

我把香港文学出版社版的《沈从文选集》借了回来。

这本书不是随便翻印新中国成立前的版本，而是很认真地编选的，作品前有编者的序。这篇序写于一九五六年十二月，就署名编者，对沈从文的评价大致是："沈从文是个有艺术才能的人"；"他对湘西的事物很熟悉，也很有感情"；"然而，很可惜，沈从文的作品仅有艺术性的一面，而缺乏了思想性的一面"。

那么编者所认为的"思想性"是什么呢？其实就是阶级论，举例来说：《边城》里的船总顺顺"如果不通过高利贷般的抽剥"，怎么能够发起财来？而沈从文"不去揭他的不是"；还有：

> ……他在《柏子》里，让"柏子"辛辛苦苦得来的钱，却花在妓女、鸦片上，这种行为难道是值得原谅、值得同情吗？"柏子"没有被鞭挞，没有被纠正，这就等于一个名画家，就算是达芬奇好了，他不去画蒙罗丽莎，而绘了一幅鸦片烟具，这名画还有什么意义？《丈夫》在艺术上说，是很好的作品，但苛刻点说，它又有点冒渎。这也说明作者在当时全然不去问一问为什么"丈夫"愿意让妻子去做"生意"？除了农村破产，他们靠土地也活不了之外，还有什么？

编者假设了一个问题："像沈从文这么一个有艺术才能的作家，为什么他不在美的创作中，赋予正确的主题？"答案是，"他不想去了解社会和一切人们的关系，他企图把人与外界（社会的、经济的、以至……）绝缘"。简而言之，他"不去正视现实"。编者认为沈从文"从下士——作者——作家——副刊编辑"的人生道路"是多么易走啊"，因为这种"轻易"，他没有"给现实激发，在困苦中挣扎出来，这就成为他后来思想上的赘累"。

序的最后，把沈从文和郁达夫相提并论，放在新文化的历史中考量，认为："在新文化运动中，别人是洪流，向火海奔腾。他们却是小旋涡，他们老是在老地方打圈子。"沈从文的"笔调简洁生动，有如淡墨写青山，有一种自然美，可是它对人间的'善与恶''真与伪'却模糊得很。有时甚至叫人得了错误的观念"。郁达夫最后在南洋被日本人杀害，"扫除了他过去的灰暗人生"；"沈从文，他在最后的决定中，仍留在北京，而他又亲眼看到湘西农民，永远也不会把老婆送到船上去做'生意'"。"现在，他也会为自己的过去而感喟吧！"

从这篇序，可以很明显地看出新文学左翼文学观念的延续和影响，也可以很明显地感受到与当时大陆意识形态的相通。这种"艺术"与"思想"的二分法论述，毫无疑问会把问题简单化，有时表现得武断甚至是错误；但同时，我们也不可不注意到，这种二分法对"艺术"上的肯定，也使得论述显得不是那么声色俱厉，如同我们在某些左翼的批判文章中所见到的那样。当然，这篇序，也可以反映当时香港的文化意识形态的一个侧面，一种构成成分。

同时，我觉得很有意思的是，与这篇算不上高明的序相比，编者挑选沈从文作品的眼光却可以说是高明的。作品分成三辑，第一辑是《柏子》《丈夫》《春》《八骏图》；第二辑是《月下小景》《寻觅》《爱欲》《医生》；第三辑是《萧萧》《菜园》《新与旧》《失业》。全书篇幅不算太大，共一百八十一页。熟悉沈从文作品的人当会同意，编者是有着不一般的文学直觉和审美鉴赏力的，这种文学直觉和审美鉴赏力，还没有被编者自己所强调的“思想性”的一面收编。甚至可以说，读者能够读到包含这些篇目的沈从文作品集，编者序中的论述是否准确妥当，是否错误，都是不必太计较的事了。

二〇〇六年十月二十九日　芝加哥大学

穆旦在芝加哥大学

——成绩单隐含的信息及其他

一、寻找穆旦的遗迹

我的行李里面放着两卷精装的《穆旦诗文集》（人民文学出版社，二〇〇五年），虽然是讲课的需要，但也并不是非带不可。我希望在客居的空闲时间重读穆旦诗文，更希望，我能够趁在芝加哥大学的二〇〇六年秋季学期，找到穆旦的硕士论文。穆旦一生写的文章很少，诗和译诗之外的各类文字，仅编成一册，首篇是小学二年级时候的几句话短文。倘若能够找到穆旦在芝加哥大学研究生毕业时候的论文，一定是很有价值的吧。

刚到没几天，我就去找 Jackson 公园，因为穆旦和妻子周与良有张在这个公园的照片。走了很多冤枉路，进入公园的 Bobolink Meadow。那里人很少，都是黑人。有一个黑人很远从停着的车里下来，向我这边走，跟我打招呼，我只是向他摆手，继续赶路。他见我不理会，就回车里了。走出公园，看到自己是在 63 街上。原本我打算要租的房子是在 60 街，几乎所有的人都说不安全，要是他们知道我一个人走进了 63 街，怕是更要吃惊不少吧。这次“冒险”也让我在心里感慨，当年穆旦晚上出去打工，清晨三四点钟回家，上下班都路过黑人区；他常买五美分的热狗，只有黑人居住区才有这么便宜的食品。没想到现在，黑人区和不安全联系得这么紧密了。

很容易就找到了61街穆旦和周与良婚后租住的一处公寓，6115 Greenwood Ave；他们在这里没有住多久，就搬到了5634 1/2 Maryland Ave 。我从东亚系的办公室走出来，找到后面这个有点奇怪的门牌号，也不过十分钟。正拍照的时候，租住在这里的两个年青人回来了。我说，你们知道这里曾经住过一个中国诗人吗？这两个美国人一听，非常兴奋，其中一个马上背了几句中国诗，我猜想，那可能是英译的中国古典诗。

接下来找毕业论文，却是一无线索。刚开始，图书馆的人告诉我，很简单，电脑上查一下编目就可以了。可是图书馆的编目上没有。图书馆地下A层是放论文的地方，我想，穆旦是英文系的，论文不出英国文学和美国文学的范围，我就在这两大类里一本一本地翻。翻了一下午，全翻遍了，也没个结果。又到英文系去找，英文系存放学生材料的地方也看过了，根本就没有任何穆旦的信息。

这样找来找去，论文没找到不说，被我打扰的人甚至产生了这样的疑问：你敢肯定这个人是芝加哥大学毕业的吗？

还好，多方周折之后，在图书馆特藏部找到了一本学生住址本 *Student Directory 1950—1951*，上面有穆旦一九五〇年到一九五一年的住址，即我已经看过的5634 1/2 Maryland Ave；又找到一本毕业典礼活动安排 *Convocation Programs 1951—1954* ，在一九五二年六月十三日洛克菲勒纪念教堂举行的毕业典礼的硕士学位授予名单上，写着穆旦的名字。

论文还是一点影子都没有。

一直陪我查找论文的东亚系博士生丁珍珍，有一天对我说：我要送你一份礼物。我曾经跟她说过，如果能找到穆旦的成绩单，也很好。我只是这样说说，心里并不抱有多大希望。哪里想到她真从登记注册处（Office of Registrar）找到了穆旦的成绩单。

二、穆旦的成绩单

这份成绩单解答了为什么费了那么大的精力没有找到学位论文：穆旦没有做论文。成绩单最后标明：Degree of A. M. conferred Jun 13，1952，without Thesis. 他选择了考试的方式，拿到了硕士学位。

特别值得注意的是，这里还标明了授予硕士学位的确切时间：一九五二年六月十三日。这个时间，即是上文提到的Convocation Programs 所记载的穆旦参加在洛克菲勒纪念教堂举行的毕业典礼的时间。

第一本穆旦纪念文集《一个民族已经起来》（杜运燮、袁可嘉、周与良编，江苏人民出版社，一九八七年）附有《穆旦小传》，称“一九五一年获硕士学位”；后来李方编《穆旦（查良铮）年谱简编》作为《穆旦诗全集》（中国文学出版社，一九九六年）的附录，十年后修订为《穆旦（查良铮）年谱》附录于《穆旦诗文集》，都在一九五〇年这一年项下，称“年末，获得文学硕士学位”；第一部《穆旦传》（陈伯良著，浙江人民出版社，二〇〇四年）《历尽艰难回祖国》一节，也持“一九五〇年年末，……获得文学硕士学位”的说法。有了这份成绩单，这些说法就可以纠正了。

根据成绩单，穆旦是一九四九年九月二十七日入学的，英文名字是 Conway Liang-Cheng Cha。在读期间选修的课程和成绩，依次排列如下：

一九四九年　秋季学期：

T. S. ELIOT	B
SOCA. TH. & ANAL. OF LITERARY FORMS	B

一九五〇年　冬季学期：

THE HIST. OF LITERARY CRIT'M	A
"THE CANTERBURY TALES"	B
ENGLISH DEFICIENCY (w)	B

一九五〇年　春季学期：

ENG. GRAMMAR, ANAL. &HIST'L	B
ALEXANDER POPE	B
BIBLIOG. & LIT'Y HISTORIOG'Y	B

一九五〇年　秋季学期：

FRENCH FOR READ. REQ'TS	R
INTERMED. RUSSIAN	B
INTR. TO RUSSIAN LIT.	A

一九五一年　冬季学期：

HIST. OF AMERICAN LIT.	C
PREP. FOR EXAMS.	P
INTERMED. RUSSIAN	A

又，一九五一年一月二十九日通过了法语考试。

一九五一年　春季学期：

CONTEMPORARY POETRY	B
LIFE & WORKS OF SHAKESPEARE	B
INTERMED. RUSSIAN	A

一九五一年　夏季学期：

RESTORATION DRAMA	B
INFORMAL COURSE	A

穆旦的成绩并不算好，B居多，有一门美国文学史，竟然是C。所以如此，可以做几个方面的推测：穆旦从西南联大外文系毕业的时间是一九四〇年，到芝加哥大学英文系读研究生，是在九年之后，中间经历多多，一言难尽，不是从学生到学生的单纯生活。但这一点可能不是重要的；还需要考虑的是，穆旦在四十年代就已经写出了足以奠定他在新诗史上重要位置的作品，虽然他还很年轻；当他来到芝加哥读书的时候，在心理上，有意无意间，不太可能把成绩看得特别重，像一个从大学生直接读到研究生的学子那样去计较 A 和 B。我甚至想，他可能根本

就没把成绩当回事。

成绩单上很触目的是，最终学位考试（FINAL EXAM FOR THE MASTER’S DEGREE），在一九五二年二月二十日到二十二日进行，他没有通过，F。三个月之后，五月二十一日到二十三日，他不得不再考一次，这一次通过了。

熟悉穆旦的人看穆旦的选课，看到他入学第一个学期就选了 T. S. 艾略特，不免会心一笑。T. S. 艾略特是穆旦在西南联大时期最热衷钻研的诗人之一（另一位是 W. H. 奥登），他那个时候就在课堂上听燕卜荪（William Empson）讲过，自己的诗歌创作也受到明显的影响。一九五一年春季他又选了当代诗歌，也是西南联大时期兴趣的延续。如果我们再往后看，大概从一九七三年开始，穆旦有选择地翻译英美现代诗歌，主要是艾略特和奥登，留下一部遗稿《英国现代诗选》。周珏良在遗稿的序言中回忆，“我特别记得一九七七年春节时在天津看见他，他向我说他又细读了奥登的诗，自信颇有体会，并且在翻译”(《穆旦译文集》第四卷，三三二页，人民文学出版社，二〇〇五年）。穆旦去世是在一九七七年农历正月初九。对英美现代诗，从青年时期的兴奋接触和钻研，到留学时期的继续学习，再到晚年，在“文革”后期的那个环境里一个人偷偷翻译，乃至生命临终的用心体会，不能不说是沉潜往复，源远流长。

这份成绩单还有一点需要特别注意，就是这个英文系的学生，却一连三个学期选修俄语课，第一学期是 B，后面两个学期都是 A，还选修了一门“俄国文学导论”，也是 A 。穆旦在西南联大时期就跟俄语专家刘泽荣教授学过俄语。芝加哥时期，他对俄语和俄国文学的热情，和对新中国的热情存在着紧密的联系。

芝加哥大学的中国留学生组织了一个“研究中国问题小组”，参加的人有杨振宁、李政道、邹谠、巫宁坤等，穆旦也在其中。小组关注新中国成立后的情况，穆旦表现激进。芝大的国际公寓（International House）是大家经常聚会的地方，周与良回忆，“许多同学去那儿聊天。良铮总是和一些同学在回国问题上争论。有些同学认为他是共产党员。我说如果真是共产党员，他就不这么直率了”（《永恒的思念》，《穆旦诗文集》第一卷，五页）。

和穆旦同上俄语课的傅乐淑回忆：“我们同选一门课 Intensive Russian，这是一门‘恶补’的课，每天六小时，天天有课……选此一门课等于平日上三年俄文的课。……穆旦选此课温习俄文。每逢作练习时，他常得俄文教授的美评。那时他正在翻译普希金的诗。他对我说：选此课可向俄文老师请教自己读不通的字句，译诗将是他贡献给中国的礼物。在芝大选读这门课程的二十来人中，穆旦是班上的冠军。”（《忆穆旦好学不倦的精神》，《丰富和丰富的痛苦》，二二二页，北京师范大学出版社，一九九七年）

有了这份成绩单，也就不难理解，穆旦回国以后，何以在短短的几年时间内，就翻译了数量超出一般人想象的俄国文学理论和作品。不仅有季摩菲耶夫的《文学概论》《怎样分析文学作品》《文学发展过程》《文学原理》（这四本书由上海平明出版社一九五三年到一九五五年出版，其实是一部著作，即《文学原理》，前三书分别是这部著作的三个部分），更有普希金的《波尔塔瓦》《青铜骑士》《高加索的附录》《欧根·奥涅金》《加甫利颂》《普希金抒情诗一集》《普希金抒情诗二集》（这些书出版于一九五四年到一九五八年，出版社是上海平明出版社，以及后来平明出版社并入的新文艺出版社）。

原来穆旦在芝大选课的时候，就想着他将来要“贡献给中国的礼物”。

三、自译诗和写诗

诗人穆旦在一九四八年之后，创作上出现了一个停滞期，这个停滞期包括芝加哥留学的几年。但是这几年和诗的关系还是有点特殊，特别是一九五一年前后，他把自己过去的多首作品翻译成英文，还在这一年写了两首诗。

一九五二年，纽约出版了一部《世界名诗库》（*A Little Treasury of World Poetry: Translations from the Great Poets of Other Languages*, 2600 B. C. to A. D, New York: C. Scribner’s Sons, 1952），编者是 Herbert Greekmore，选了穆旦两首诗：H*ungry China*（《饥饿的中国》），*There Is No Nearer Nearness*（《再没有更近的接近》，是《诗八首》的最后一首）。穆旦把自己的诗译成英文，可能源于投稿的动机，翻译了多首，最后选中两首；也可能是先翻译了其中的一部分，选中两首之后受到鼓舞，又翻译了一些。

根据《穆旦诗文集》第一卷，穆旦自译的诗有十二首：

《我》（Myself）、《春》（Spring）、《诗八首》（Poems）、《出发》（Into Battle）、《诗》（Poems）、《成熟》

（Maturity）、《旗》（Flag）、《饥饿的中国》（Hungry China）、《隐现》（Revelation）、《暴力》（Violence）、《我歌颂肉体》（I Sing of Flesh）、《甘地之死》（Upon Death of Mahatma Gandhi）。

这十二首诗的写作时间，从一九四〇年到一九四八年，正是穆旦创作成熟和旺盛的时期。他把这些诗挑选出来，精心翻译，这个过程，未尝不可以看作是回头检视自己创作的过程，也就不可避免地带有回顾和总结的意味。

这个重温和检视、回顾和总结，也隐约含有告别青年时代写作的意思。此时的穆旦，思想上正发生较大的变化，这个变化非常清楚地表现在一九五一年写的《美国怎样教育下一代》和《感恩节——可耻的债》两首诗中。强烈的社会政治意识不加掩饰地表现在对美国资本主义的批判之中，这与对新中国的憧憬和热情恰是一体两面。

早在一九五〇年，穆旦就开始办理回国手续，因为周与良读的是生物学博士学位，“当时美国政府的政策是不允许读理工科博士毕业生回国，文科不限制。良铮为了让我和他一同回国，找了律师，还请我的指导教师写证明信，证明我所学与国防无关”（周与良《永恒的思念》，《穆旦诗文集》第一卷，六页）。直到一九五二年，美国移民局才批准他们回香港。十二月，他们离开美国，一九五三年一月，经深圳到广州，再去上海。二月末到北京，在等待分配期间就投入《文学原理》的翻译。五月，教育部分配穆旦到天津南开大学外文系任副教授。

四、“我们的家总是那么热闹”

穆旦长子查英传在二〇〇六年十月十八日给笔者的信中，说:“我父母在芝大的日子是他们一生最快活的时候。”这，无论如何是当年急于回国的穆旦料想不到的。

穆旦和周与良一九四九年十二月在弗罗里达州的一个小城结婚，婚后住在芝大校园附近的公寓，来往的朋友很多，周末聚会，打桥牌，跳舞。他们还常去数学系教授陈省身家里玩，美餐。穆旦待人以诚，大家都喜欢他，周与良说:“我们的家总是那么热闹。”（《永恒的思念》，《穆旦诗文集》第一卷，四页）

一九七三年四月二十九日，在南开大学图书馆上班、每天提早半个小时去打扫厕所的穆旦，接到校方通知，在有关人员的“陪同”下，到第一饭店去见了美籍数学家王宪钟。这是二十年来第一位从美国来访的老友，穆旦赠送一册一九五七年出版的《欧根·奥涅金》。一九七五年十月六日，芝加哥大学时期的朋友邹谠、卢懿庄夫妇来天津，穆旦也只能到天津饭店去见他们，日记中记:“下午五时到达，同到鸭子楼晚餐（每人十元餐费），后到旅舍又谈一小时而归。”（《日记手稿（4）》，《穆旦诗文集》第二卷，三〇六页）

我在芝加哥大学东亚系讲穆旦诗的那次课上，注意到学生从图书馆借来的书，其中一本薄薄的《穆旦诗选》（人民文学出版社，一九八六年），扉页上有题签:“母校芝加哥大学东亚

图书馆留念　周与良赠　一九九二年六月二十五日”；另一本《穆旦诗全集》，也有题签，是几年之后查英传赠送的。

二〇〇六年十二月二十一日

一个年轻艺术家的学习时代

——从《关于罗丹》看熊秉明

一

一九九三年，“罗丹艺术大展”先后在北京、上海举办，接连几个月展览场地里外都是人潮涌动。当年的参观者，如今回想起来，心中不仅能浮现出彼时的盛况，也还会依稀泛起不平静的心绪吧？不过，有谁还记得这样一个细节吗：入口处检票的地方，出售一本书，开本不大，页码不多，书名叫《关于罗丹——日记择抄》，生活·读书·新知三联书店出版，定价九块八。出版社印行这本书，和这次大展有什么关系？当时和现在我都不甚清楚，但实际情况是，这本书被不少人当成了罗丹艺术的地图、说明书、导读。这也真值得庆幸，有这么好的导引。

后来这本书有了几个版本，我常常翻阅的是文汇出版社一九九九年《熊秉明文集》里的本子。《熊秉明文集》共四卷，《关于罗丹》是第一卷。再读《关于罗丹》，看的就不是罗丹如何，而是看这个看罗丹的人，一个年轻的艺术学徒，他的精神世界。

熊秉明是著名数学家熊庆来的儿子，我十几年前读浦江清清华园日记，摘录下一九二九年二月二十一日记童年熊秉明的一条：“熊之二公子秉明，自南方来，携来其本乡拓本数十分赠戚友。熊公子方七岁，而言语活泼，且能作铅笔画，聪慧非常。”熊秉明一九四四年毕业于西南联大哲学系，一九四七年考取公费留法，在巴黎大学读了一年哲学以后，转习雕刻。《关于罗丹》是从一九四七年到一九五一年的日记中抄出的与学习雕刻有关的部分，作者打算做这一工作时曾想：“至少这是一个中国艺术学生四十年代、五十年代在欧洲学习经过的记录，关心这时代海外中国知识分子精神面貌的人总会发生兴趣的。”最后誊清时，“觉得似乎在试写自传的一章”。（《前言》）

二

一九四七年十一月二十八日，因为借给费小姐的书被弄丢了，回忆起这本书——里尔克的《罗丹》——曾经陪伴的岁月，那是在中国，在抗战的军中：

> 一九四三年被征调做翻译官，一直在滇南边境上。军中生活相当枯索，周遭只见丛山峡谷，掩覆着密密厚厚的原始森林，觉得离文化遥远极了。有一天丕焯从昆明给我寄来了这本小书：梁宗岱译的里尔克的《罗丹》。那兴奋喜悦真是难以形容。大学二年级的时候曾读到里尔克的《给一个青年诗人的信》，冯至译，受到很大的启发，好像忽然睁开了新的眼睛来看世界。这回见到里尔克的名字，又见到罗丹的名字，还没有翻开，便已经十分激动了，像触了电似的。书很小很薄，纸是当年物资缺乏下所用的一种粗糙而发黄的土纸，印刷很差，字迹模糊不清，有时简直

得猜着读，但是文字与内容使人猛然记起还有一个精神世界的存在，还有一个可以期待、可以向往的天地的存在。这之后，辗转调动于军部、师部、团部工作的时候，一直珍藏在箱箧里，近乎一个护符，好像有了它在，我的生命也就有了安全。

我现在能够徘徊在罗丹的雕像之间了，但是那一本讲述罗丹作品的印得寒伧可怜的小书——白天操练战术，演习震耳的迫击炮，晚上在昏暗的颤抖着的蜡烛光下读的小书——竟不能忘怀。

熊秉明揣摩罗丹作品，从中不断获得提示，这提示不仅是雕刻上，也是生活上的，时间久了，“他的作品混入我思想感情的曲折发展”，再要分离出来就不容易了。但在他的学习时代，我们还是可以看到清晰的痕迹，看到那是些什么样的“提示”，“混入”了个人的生命和艺术中。

一九四八年八月五日，他记下了这样一个问题：“这是很奇怪的：罗丹在雕刻发展史上起了革新的作用，为现代雕刻开辟了道路，但是他的风格却是很古典的，和他同时代的绘画比起来，便显得古老。这是为什么呢？”譬如与罗丹同时代的莫内、塞尚，都很“现代”。“罗丹曾和莫内联合举行过展览，我想是不甚调和的。”熊秉明探究罗丹雕刻显得古典的原因，其中写到一点：“他追求表现人生，而多传统沉郁的意境。里尔克说‘这是一个老人’（《罗丹》）。当然在里尔克看到罗丹的时候，罗丹的确已经是个老人，但这句话不止是这意思。罗丹在年轻的时候，制作《青铜时代》《影》《行走的人》的时候，他已经聚集了欧洲多少世纪的思想、情感、梦幻，他的灵魂已经有了重负，他似乎有了菲底亚斯、米开朗琪罗、但丁、林布兰的年龄的总和，已经是个‘老人’了。”紧接着，他又写了一句：

现代风的雕刻家似乎要把这些都忘掉。

岂止是现代风的雕刻家，现代艺术的哪个门类，不都曾出现过要把过去都忘掉的潮流？文学创作上，也是如此。谁要做一个“老人”？谁不想做一个“原创”的“新人”？

然而正是罗丹这样的聚集了他之前多少年代的思想、情感、梦幻的“老人”，才使得雕刻的传统另创新境，启示将来：“他把雕刻揉成诗，为未来的雕刻家预备了自由表现的三维语言；他把《行走的人》省略了头，削减了双臂，这是后起的现代艺术家大胆扭曲人体，重塑人体，以及放弃人体的第一步。”（《后记》）

《行走的人》给熊秉明的震撼是持久的，“残破的躯体，然而每一局部都是壮实的、金属性的，肌肉在拉紧、鼓张，绝无屈服与妥协”。这个作品以其悲壮和浩瀚，可以看作是贝多芬第五交响曲的雕像，熊秉明甚至想到“天行健！”（一九五一年二月十日日记）

罗丹的人体雕刻，还有《夏娃》，是熊秉明到美术馆去常常看的，给他的震动也很大。他一九四九年一月二十一日日记从朱自清的散文《女人》说起，谈到中国人的女人观念。朱自清文章赞美“处女”是“自然手里创造的艺术”，而“少妇，中年妇人，那些老太太们，为她们的年岁所侵蚀，已上了凋零与枯竭的路途。”熊秉明认为，这种把“女人”的定义和“青春”“鲜美”的观念混淆起来的中国人的意识，在传统仕女画里表现得很充分。“工笔美人都一个类型，一个年纪。朱自清所说的‘自然手里的艺术品’的‘处女’，林妹妹型的，姣好的蛋儿脸，脸上决无一丝生活的纹路。这样的花容当然不可能连接着实实在在的身躯。”中国仕女画里的人物，只有衣服，衣服下面没有人体，“有这样的一种‘无体’的女人观，如何欣赏西方裸体呢？”

《夏娃》则大大不同，“罗丹的《夏娃》，不但不是处女，而且不是少妇，身体不再丰圆，肌肉组织开始松弛，皮层组织开始老化，脂肪开始沉积，然而生命的倔强斗争展开悲壮的场面。在人的肉体上，看见明丽灿烂，看见广阔无穷，也看见苦涩惨淡，苍茫沉郁，看见生，也看见死，读出肉体的历史与神话，照见生命的底蕴和意义”。

在此之前，一九四八年十二月十七日的日记里，熊秉明写道：“为什么爱一个多苦难近于厚实憨肥的躯体呢？罗丹的夏娃决不优美，有的人看来，或者已经老丑，背部大块的肌肉蜿蜒如蟒蛇，如老树根，我爱她的成熟，像爱一个母亲，更像爱一个有孕的妻子：多丰满厚实的母体，我愿在这个世间和她一同生活并且受苦。”

三

艺术上的感悟，不只是来自于艺术作品，更需要切身的生命经验的启迪。哪怕只是对于人体的认识。熊秉明一九四九年十月十九日日记显然隐含着重要的个人经验。“拿出抽屉里的一叠明信片，忽然眼光落在罗丹的一幅《爱神和赛姬》上。那是一对卧着的赤裸男女拥抱的组像。我骤然像触了电似地懂得罗丹在这里所要表现的了。罗丹塑造过许多这样一对一对男体和女体相纠缠的小像，我以前竟然简直没有看见他们，看到时也完全漠然，全不懂得他们的意义。现在才发现这是人的肉体相吸引，相接触，相需要，相祈慕，相占有的种种相。他们在拥抱与媾合中灼烧、振荡、酣醉、绾纽成多样诡奇的难解的结。我怎么一直盲了眼睛看不见呢？”

> 若不是她，我不知道什么时候才会发现罗丹的这些组像？
>
> 这些组像好像给我和她的相遇以意义，以生命的滋味，以美的形式。……我同时也惊异地发现自己的躯体的存在，自己的广阔和沉重。
>
> 我惊骇地想：赞美裸体，能不同时赞美肉体的最基本诱惑吗？我同时也惊骇地想：没有这样的对于肉体的神秘经验，也能做雕塑吗？
>
> 在《爱神和赛姬》画片的背面写了一行字：“你所使我发现的宇宙”，寄出去。

这种肉体经验所带来的“惊异”“惊骇”的“骤然”的“发现”，让人想起比熊秉明早几年从西南联大毕业的穆旦在一九四七年所写的诗《发现》，其中有这样的句子：“你拥抱我才突然凝结成肉体。”而对于一个学习雕刻的青年艺术家来说，人体就是艺术更直接的形式。

邓肯自传里写过和罗丹的相遇：她给他解释她对新舞蹈的理论，可是很快就察觉他并不在听，而是出神地注视着她，进而上前捏她的身体。“这时我的愿望就是把我的整个存在都交给他，如果不是荒谬的教育使我退后，披起衣裳，让他吃惊，我一定会带着欢喜真地做了。怎样的可惜啊！多少次我后悔这幼稚的无知使我失去一个机会把我的童贞献给潘神的化身——有力的罗丹！艺术和生命必定会因而丰富。”熊秉明在一九四九年十月二十四日的日记里抄了这段话，并且设想：如果蔡元培读到这一段，必定大惊失色。“蔡元培所说的‘净化’是有的，但‘净化’之后，生命并不变成无生命，情欲并不化为无欲。朱光潜曾谈‘距离’，‘距离’也是有的，但现实生活与艺术并非两相隔绝，全不相干。”

四

新中国成立前后，海外的年轻知识分子，面临着一个重大的选择。一九四九年十月三日，熊秉明到里昂车站送行，“寿观、道乾、文清三人启程同路东返”，“带着奉献的心，热烈的大希望。”“我呢，目前最重要的是自己的充实，我的心情应当静下来。过几天就要开始下学年的工作，还想到纪蒙那里再做一段时期。”

实际上熊秉明却是心情很难静下来。一九五〇年二月二十六日日记,“昨晚在大学城和冠中、熙民谈了一整夜。谈艺术创作和回国的问题,这无疑是我们目前最紧要的问题了。”“当然我们也谈到离开本土能不能创作的问题。”

> 他们比我的归心切，我很懂得他们，何况他们都有了家室。我自己也感到学习该告一段落了。从纪蒙那里可学到的，我想已经得到，在穰尼俄那里本没有什么可学。查德金和我很远，摩尔也很远，甚至罗丹，在我也非里尔克所说的“是一切”……我将走自己的路去。我想起昆明凤翥街茶店里的马锅头的紫铜色面孔来；我想起母亲的面孔；那土地上各种各样的面孔。……那是属于我的造型世界的。我将带着怎样的恐惧和欢喜去面临他们!
>
> 分手的时候，已经早上七点钟。天仍昏暗，但已经有浅蓝的微光渗透在飞着雪霰的空际。地上坚硬的残雪吱吱地响。风很冷，很不友善地窜进雨衣里。在街上跑步，增加体温，乘地道车回来，一进屋子便拉上窗帘，倒头睡去。精神倦极，醒时已正午。

留下来是一种选择，留下来之后的艺术道路怎么走，又是重要的问题。此时的熊秉明越来越清晰地意识到了那“属于我的造型世界”，这不仅仅是艺术的选择，还是文化的选择，精神的选择，根本上，这是血液的选择。当这样的意识逐渐明确起来的时候，学徒的时代就将结束了。

这本以罗丹艺术为中心的日记，快到结尾的时候，有一处大篇幅地谈论梁代墓兽，看起来有些突兀，其实却是精神和艺术的探求已经走到了这个地方，理所必然。

一九五一年三月十六日日记，“和贝去周麟家，看到瑞典中国美术史家Siren的《中国雕刻史》，书中的汉代石兽和梁代石狮给我以极大的震动和启发”。沉重庞然的梁代石狮，张开大口向天，“这里储蓄着元气淋漓的生命力，同时又凝聚一个对存在疑惑不安的发问。那时代的宇宙观、恐惧、信仰、怅惘……都从这张大的口中吐出。生存的基本的呼喊，无边的无穷极的呼唤！”一千五百年之后，这狮吼还使我们欢喜、凄怆、憔悴、战栗。“在中国雕刻史上，这‘天问’式的狂歌实在是奇异的一帜。这里不温柔敦厚，不虚寂淡泊，没有低眉的大慈大悲，也没有恐吓信男善女的怒目，这透彻的叫喊是一种抗议，顽强而不安，健康而悲切，是原始的哲学与神话。”

> 我想到罗丹的《浪子》，那一个跪着，直举双臂，仰天求祁的年轻的细瘦的男躯，那也是“天问”式的呼诉。但无疑，我更倾心于南朝陵墓的守护者，也许我属于那一片土地，从那一片土地涌现出来的呼唤的巨影更令我感到惊心动魄。

熊秉明回忆起一九四七年出国之前，在南京和父亲去看夭折的弟弟的坟墓，经过战乱流离，沧桑隔世之感尤为强烈。一片荒野穷村，满目凄凉。村旁立着一个类似于梁代石狮的巨大石兽，“在怅惘慽恻的情绪中，这无声的长啸就仿佛在我自己的喉管里、血液里、心房里、肺腑丹田里。我是这石狮子，凝固而化石在苍茫的天地之间。这长啸是一个问题，这问题没有答案”。

这天晚上，熊秉明给朋友写信，其中说：“你说艺术上的国际主义，我不完全否认。诚然，在埃及希腊雕刻之前，在罗丹、布尔代勒之前，我们不能不感动，但是见了汉代的石牛石马、北魏的佛、南朝的墓狮，我觉得灵魂受到另一种激荡，我的根究竟还在中国，那是我的故乡。”

二〇〇九年四月二十日

第二辑

初心

已经是约二十年前的事了，我到张文江老师淮海路的家里听他讲钱锺书，听得兴奋，却只听过几次，不能听全，一直遗憾。那时候我刚毕业不久，在《文汇报》工作，时忙时闲。有一年到北京出差，住在报社驻京办事处，意外碰到张文江老师同住，听他倚靠在床上随兴闲谈，真是欣悦。前几年他遭逢大病，两次手术之后如愿康复，随即恢复讲课，我到丽园路他的新家听讲，客厅满座，有我的老师辈，同龄人，还有学生辈，围着还有些虚弱的他。他讲的是《庄子》，正是我最想听的。那个学期完整听下来《庚桑楚》和《寓言》两篇。到下一个学期，因时间上冲突，又不能听了。

我年轻的时候不懂，曾经问过陈思和老师，为什么不请张文江老师到复旦去开课？后来读到《礼记·曲礼》里面的一句，“礼闻来学，不闻往教”，似乎多少有点想明白了（文江老师也许不同意这个解释，就算开个玩笑吧）。

这个暑假得到《古典学术讲要》（上海古籍出版社，二〇一〇年），是讲稿，根据录音整理的，讲《学记》、《史记·货殖列传》、《五灯会元》三篇、马致远《套数·秋思》、渔樵之象、《风姿花传》、《西游记》，都是我没有听过课的。于是像听讲一般，一篇一篇仔细读下来。这个酷热的暑期，读得最高兴的，就是这本讲稿。

张文江老师讲《风姿花传》的时候，有一段发挥，谈到中国现代文学。“中国现代文学的一些作家，他们的作品虽然享有盛名，在我看来还算不上好。但是他们在大变动时代中的生活本身，如果能看得透，倒是极好的‘诗’。青年时代离开家乡的憧憬呀，中年遇到环境压力的种种反应呀，晚年写不出好作品的焦虑呀，所有在作品中被遮掩而没有表达的东西，在实际生活中都已经表达出来了，这本身就是‘诗’。”

我的专业是中国现代文学，张文江老师的这个意思我打心底赞同。我随手用铅笔在书旁写下：lost in writing 。明眼人看得出来，这是仿效弗罗斯特的名言，Poetry is what gets lost in translation 。“诗是在翻译中迷失的东西”，中国现代作家的“文学”或者称之为“诗”的东西呢？不能一概而论，但这种情况是存在的，而且具有普遍性：很多中国现代作家的“文学”或曰“诗”，是在他们的写作中“迷失”的东西。这并非刻薄的话，也不是贬低我自己的专业，而是要从这个地方窥探中国现代文学的一个有价值的研究领域，从这样一个现象开始：中国现代作家比他们的作品更有意思，作家大于作品，他们在大变动时代的实感经验，往往是比他们写出来的“文学”或“诗”更为丰富、更有魅力的“文学”和“诗”。

张文江老师喜欢讲人生为学的阶段和顺序，他选《风姿花传》来讲，大概也跟他一直关心和体会的这个方面有关。世阿弥的这本书，讲日本能乐理论，是从演员不同年龄、阶段的修习来讲的，最给我启发的，是不同阶段的互相包含。作者说他的父亲，“能”的高手，“年少时便掌握了将来要掌握的老年风体，老年时还保持着年轻时期风体”，这是罕见的大演员才能达到的艺境。张文江老师说他与这本书结缘，是因为这句话：“要了解十体，更要牢记年年去来之花。”这真是很好的意思：“‘年年岁岁之花’，则是指幼年时期的童姿，初学时期的技艺，盛年时期的作派，老年时期的姿态等，是说将这些在各时期自然掌握之技艺，都保存在自己的现艺之中。”一个人现在的状态，要保存着他初心萌发以来各个时期的“花”，谈何容易，做到了就了不起。

初心易失，不少人硬要想一想，也想不起来了。文江老师说，“初心后来没有了，人就一点点老了。”《庄子・养生主》里面说一把刀用了十九年，还像刚磨出来一样，“刀刃若新发于硎”，可能吗？可能。我就见证过这样的生命暮年的奇迹：年轻时代是“晨曦的儿子”，历经跌打滚爬生死劫难，生命之刃没有磨钝，没有卷折，更没有连刀折断，到老初心不失，给人的感觉，仍然是“晨曦的儿子”。

张文江老师说《爱的代价》这首歌，“还记得年少时的梦吗，像一朵永不凋零的花”，打动人就是这个初心。最近听刘若英的新歌《继续——给十五岁的自己》，人生的中途，感怀的也是这个初心。

二〇一〇年九月十九日

这些书，这些事

到二〇〇一年年底了，想想今年读过的今年出的书，一下子就想到——

杨宪益的《漏船载酒忆当年》（北京十月文艺出版社），一本回忆录，前半部分写少年生活和在国外的学习、游历，像流浪汉传奇；后半部分个人生活与当代政治联系紧密，像政治性的自辩书。前半部分更有趣。其中写了这么一件事：他轻松通过了牛津大学入学考试的笔试，口试的时候，主考人问他学希腊文和拉丁文有多久。“我在伦敦跟一位私人教师学了五个月。”主考人很吃惊，因为英国人要学七八年才考得出。杨宪益被决定延迟一年，多学一点希腊文和拉丁文再入学。

王元化的《九十年代日记》（浙江人民出版社）是个人生活的记录，也是一部关切现实的书，我们也许能够通过一个人贯穿九十年代的思想、活动和交往，对于我们自己所置身其中的社会文化现实获得更为充分的理解。书里面也颇多有意思的细节，譬如，王先生一九九七年重返清华园，寻访自己小时候住过的地方，与一位老人为早年此地的情形发生争论，老人一急，说，我三十年代就住在这里。王先生说，我二十年代就住在这里。惹得同行的人大笑。

陈思和的《谈虎谈兔》（广西师范大学出版社）是他最近两年文章的结集，其中很大篇幅论述九十年代的文学创作和现当代文学研究。从一九八八年开始，陈思和每一两年编一本文集，都取与生肖有关的书名。如今十二年过去了，一个人文知识分子所走过的道路在一整套编年体文集里留下了深刻的痕迹。《谈虎谈兔》为这一套个人的书作了一个很厚重、很坚实的结。

在文学创作方面，莫言的长篇《檀香刑》（作家出版社）、红柯的中短篇集《跃马天山》（长江文艺出版社）和王德威编选的台湾小说集《第凡内早餐》（上海文艺出版社）是我阅读中感受颇深的几种。这三种之间的差异非常大，而阅读，其实是非常需要差异巨大的东西来满足、来考验、来培养的。顺此而言，阅读当然也常常需要跨越虚构和纪实之间的界限，我以为，老威的《中国底层访谈录》（长江文艺出版社）是特别值得一读的，从这里面能够读到实的生活和实的人生。鲁迅曾多次说读书要和实生活相结合，略微偏一下这个意思，我们可以说，有时，一些书里就有实生活，只是这样的书并不多。

写流行音乐评论的李皖今年出了一本《倾听就是歌唱》（四川文艺出版社），这个书名起得真不错。好几年前，读李皖在《读书》上的“听者有心”专栏，就想，这人是谁呀？怎么读他的文字有一种说不出来的默契呢？后来听说是复旦毕业的，就更感亲近了。到读《倾听就是歌唱》的时候，我才知道，原来我们曾经一起在一个排球班练过两年排球。我会糊涂到这种程度。现在，借着这个机会，向当年一块儿打排球的家伙打个招呼：哎，你好，新年好。

二〇〇一年十二月二十日

流行音乐，生命中的一些事

流行音乐，用李皖的说法，不是流行的音乐。

记下这些琐琐碎碎的事，隐隐约约地呈现流行音乐与生命、与人和人之间的联结和沟通，有着内在的关联，并以此作为李皖乐评的一种私人性反应。

《李皖的耳朵》（外文出版社，二〇〇一年）一书里有一篇文章评介平克·弗洛伊德乐队著名的《墙》，最后一段文字，李皖说到了自己："有一段时间，我不停地听《墙》，感受深刻的罗杰·瓦特，内心不由受到了震荡。在我二十五岁那年，《墙》是我生命中最大的感动。"我读这些话，像读自己写出的话。我算了一下，那是九十年代初的事情。差不多就在同样的时间和年龄，《墙》对于我也是这样。我听的还不是唱片，而是两盒磁带，是一个朋友转录的，我又转录下来。我还把那宏大的诗篇（歌词）复印下来。

当年借给我磁带的朋友，就是如今约我谈谈李皖书的人。朋友，你不会忘记吧？你还记得在吉他的切切私语中，一个孩子是怎样向妈妈哀哀求问的吧：

> 妈妈你说他们会不会扔炸弹 / 妈妈你说他们会不会喜欢这支歌 / 妈妈你说他们会不会把我的球打烂 / 妈妈我是不是必须建一堵墙 / 妈妈我是不是必须投票选总统 / 妈妈我是

不是必须信任政府 / 妈妈他们会不会把我关起来 / 妈妈我是不是正在真的死去

那时侯我曾经冲动得不顾自己的能力想把这部诗歌翻译出来，这个愿望最终没能实现。我不知道李皖二十五岁的时候是否也有过这样的冲动。后来，我看到他翻译的《摇滚 1955—1999》（湖南文艺出版社，一九九八年），里面有平克·弗洛伊德的《动物》。

《摇滚 1955—1999》是长沙的周爱华先生寄给我的，我们至今未曾见面和通话，我却觉得我们因为一本音乐书而处在无形的联系之中。

我读李皖，和许多朋友一样，是从《读书》上的“听者有心”专栏开始的。那时就想，这人是谁呀？怎么读他的文字有种说不出来的默契呢？后来听说是复旦毕业的，就更感亲近了。直到前些日子，朋友拿《倾听就是歌唱》（四川文艺出版社，二〇〇一年）给我看，顺便提醒了我，我才知道，原来我和李皖曾经在一个排球班练过两年排球。想想那是一九八五、一九八六年的事情了，我们是大一、大二的学生。我记得我是在三教的大教室里第一次听到李宗盛的歌，《爱情少尉》，是从那里开始，听了他更多更好的歌。我在李皖的文字里看到不断出现的一些名字，罗大佑、李宗盛、黄舒骏、崔健、张楚等等，就像看到了我们共同经历过的岁月和共同体验过的感受。音乐，汇集和凝聚了共同的东西。

很晚我才从《“六十年代”气质》（许晖主编，中央编译出版社，二〇〇一年）这本书中读到李皖《我们这一代》这篇文章。一九九四年我写完《张楚与一代人的精神画像》，并没有很快发表，而是等到一九九六年才收到自己的一本随笔集里的。我一直以为这是一篇没有反响的文字，没想到李皖谈六十年代出生的人由此起笔。我们共同关注着一些问题，并为此而困扰。

我很愿意从李皖的文字中看到他自己，这常常是一个带着丰富的自我感受性进入音乐的形象："那一段时间，我因为工作繁忙，整日在长江两岸奔波来去。几次听张楚的《姐姐》都是在路上：汽车爬上大桥又冲下大桥，《姐姐》的旋律一泻而下，将内心深处各味情绪搅得乱七八糟。随着那只拨动琴弦的手，我感到心里有一些又大又重的东西一颗一颗掉下来。"无论有没有这类直接自我叙说的文字，李皖的乐评，差不多总是隐现着他自身的状态，很多人喜欢李皖的乐评，我想一个重要的原因，是他不仅由此感知评述的对象，而且可以触摸乐评人的心灵状态，并产生和他沟通交流的愿望。

李皖不止一次地谈到诗与歌孪生兄弟般的联系，在当代中国，这似乎已经成为一个失传的传统。也许是这样，也许不是，至少，李皖在很多时候把流行音乐当成诗来对待。我编《中国新诗：1916—2000》也存了一点自己的偏见，譬如，选余光中的《乡愁四韵》，没说出来的原因是，它是罗大佑的歌，罗大佑刚刚开始创作时用音乐重新赋予了它另外一个生命；我选了海子的《四姐妹》，不知怎么，读这首诗，总联想起朴树的歌《那些花儿》，虽然我也知道它们那么不同，可我也感受着它们是那么可以相通。当年借我磁带的朋友谈到这个诗歌选本时用了"倾听”这个词，说有了倾听才有完整的诗歌生活；歌唱也需要倾听，需要李皖式的耳朵，更进一步，李皖说，倾听就是歌唱。听听吧，生于七十年代的朴树唱得那么哀伤又残酷——

> 那片笑声让我想起我的那些花儿/在我生命每个角落静静为我开着/我曾以为我会永远守在她身旁/今天我们已经离去在人海茫茫
>
> 她们都老了吧/她们在那里呀/幸运的是我/曾陪她们开放
>
> 她们都老了吧/她们在哪里呀/我们就这样/各自奔天涯

李皖敏感于青春的表达，他甚至敏感于：“（歌手）想说的话，想唱的词，是他自己也无法知道的啊。”

青春没有了，时代也不同了，当年复旦中央食堂前的海报栏依然是海报栏，可是那时候令青春和思想激动的心灵信息，已经让位给五花八门的学生商品广告和为将来“成功”而准备的实用术推广，每次走过，心里总不免有些复杂和黯然。可是当我在课堂上从北岛的诗讲到崔健的歌而激起强烈反应的时候，当一个学生偶然从变黄的书里发现老师还谈过张楚因此而顿感亲切的时候，我又体会到生命的联结和沟通。流行音乐，正是这样一种与生命深刻关联的东西。李皖的乐评，也联结、沟通和汇聚了一个个普普通通的生命和生命中的琐事与经验。

二〇〇二年一月十九日

流水账

还没到年底，忽然想做今年的读书流水账。

人是个怪东西，读书人怪的也不少。有人把读书当成了掌握秘密武器，他读了什么书，决不会全都告诉你的，这意思，就好像不能把家底告诉外人；还有人喜欢以读书来显摆，显摆的人，有真读得多读得好的，也有不怎么样的，就像摆阔的，有真有钱的，也有不那么有钱的。我的想法是，有钱人显摆钱比读书人显摆读了几本书，更有道理一些。今年没读几本书，想显摆没有资格，况且又是没有什么道理的事；读的几本书大都是市面上见得到的，没有什么秘籍，所以也不需要藏着掖着。

今年得到的第一本书是《贾植芳致胡风书札》，线装影印，所收书信写于抗战到二十世纪五十年代，那正是贾先生的青壮年时期。我跟贾先生读书时他已经七十多岁，到如今已经十三四年，我熟悉的是老年的贾先生；读他年轻时候，譬如转战中条山的间隙写给胡风的信，另一种现实环境真切地留在纸上，很多地方今天不易想象；可是从中看到的那个年轻的写信人，与我所熟悉的贾先生毫无隔阂，或者说，那个年轻人一直活在、如今仍然活在这位老年人身上。

年初读过的另一本印象深刻的书是费里尼的电影笔记《我是说谎者》。

马国亮的《良友忆旧》是很快就翻完的，亲切，实在，好读，拿起来不想放下。我特别注意到其中的第八十六节，记作者到汉口访问周恩来，谈到托派的问题和陈独秀的事。

同为好书，读起来有快有慢。读台湾王汎森的《中国近代思想与学术的谱系》，很有那种欲罢不能的感觉，虽然是一本需要多处细心揣摩的学术书，还是几天就看完了。读的时候心里有两个声音，一个说慢一点，慢一点，一个说快一点快一点。日本学者伊藤虎丸的《鲁迅与日本人——亚洲的近代与“个”的思想》，薄薄的一本，却断断续续读了半年多才读完，而其中深微处，也不敢说就领会了。

卡尔维诺的《看不见的城市》，读了一半就放弃了。我想是我读这本书晚了，如果十年前遇到，说不准会着迷。就像应该在不同的年龄遇见不同的人，与书的缘分也一样。

读得比较顺畅的翻译理论书有以赛亚·伯林的《俄国思想家》和赛义德的《东方学》。《东方学》是重读，《俄国思想家》是很久就想读而终于读到了。读的不顺的是德里达的《书写与差异》，只读完上册，似懂非懂是个体面的说法，其实懂的少，不懂的多；下册放在书桌一摞书的最上面，什么时候有勇气和耐心翻开来就难说了。还有鲍曼的《流动的现代性》，应该不是一本很难读的书吧，我读得磕磕绊绊，恐怕译文有欠斟酌。

当下的文学，读了严歌苓的小说集《谁家有女初长成》和长篇《扶桑》，读了魏微的小说集《到远方去》和长篇《流年》。夏天读《流年》，重新体会了一种久违了的读小说的愉快经验。

罗大佑的《昨日遗书》也是我很想读的，读到了，没有什么特别意外的，但也不失望，就像对一个老朋友。

因为教书和研究的关系，重读了一些文学作品，沈从文的《边城》，巴金的《寒夜》等等。有一些篇幅不大，却经得起时间的淘洗和人的咀嚼，譬如冯至的《十四行集》，经得起一首一首讲解和反复的讨论；还有当代的，史铁生的《我与地坛》，翻翻我的讲课记录，竟然讲了五个课时。虽然说讲给外国人听要多费些时间，主要还在于它本身能吸引人留连低徊吧。

李长之的《道教徒的诗人李白及其痛苦》，旧书新印，虽是小册子，却有能力缩短现代人和一个久远年代伟大诗人之间的精神距离。我在客地教的学生，不论男女，都喜欢喝酒，我半开玩笑半认真地给他们讲李白的喝酒诗："三杯通大道，一斗合自然"，这个，他们不能领会；"百年三万六千日，一日须饮三百杯"，这个，当然是夸张，但态度、豪情、气魄，他们也无从想像。

在客居的宿舍里，以前的人留下一册厚厚的海明威作品集，包括三部长篇，《太阳照常生起》《永别了，武器》和《老人与海》。这三部作品我十六七年前上大学那会儿读过中文译本，现在没有事的时候读读英文原文，也能唤起青春时代的一些零星记忆。不过到目前连第一部作品还没读完。没事拿起来读两段有事就放下的，还有《旧约》，似乎读懂了一点什么。

还有什么？想不起来了。记忆力越来越坏，我就想，忘掉也好，不忘掉该忘掉的，也记不住该记住的。

有一本熊秉明的《诗与诗论》，以前就读过，书是朋友送的，读过之后还常常翻翻，也就常常想起这位朋友，今年回家过暑假回来时又特意把它带了来。熊秉明是大艺术家，并非专门的诗人和诗论家，我却很喜欢他不多的诗和诗论，如《静夜思变调》《一首现代诗的分析》。几年前读浦江清清华园日记，特意摘录他一九二九年二月二十一日记童年熊秉明的一条：“熊之二公子秉明，自南方来，携来其本乡拓本数十分赠戚友。熊公子方七岁，而言语活泼，且能作铅笔画，聪慧非常。”俗话说从小看到老，这是一例。艺术家熊秉明在巴黎教了十年中文，“这是黑板，这是粉笔”地教中文，有一天一个学生很同情地问：“您这么教着，不厌烦么？”“不——”“我安慰她。”他有这么一首短短的诗，题目叫《珍珠》——

我每天说中国话
每天说：
　这是黑板
　那是窗户
　这是书
如果舌头是唱片
大概螺纹早已磨平了
如果这几句话是几粒小沙
大概已经滚成珍珠了

二〇〇二年十一月九日

此生就是我们最切身的事

杨德昌的电影《一一》，看了让人难以释怀。那个叫 NJ 的中年男人，吴念真扮演的，瘦小，寡言，他以后也许能够更安然地接受和承担人生中的一大堆烦恼?

杨德昌几乎让每一个人物都带着自身的问题出场，他们的生活交织在一起，他们各自的问题也就交织在一起；但每个人的问题都得自己去面对，去解决，没有人能够指导你，帮助你，代替你。这就是说，你的人生只能你自己去过。这和一般的文艺作品不同，我们在一部小说、一部电影或者一部戏剧里，通常看到的是中心人物的问题，大家都围绕着中心人物、中心问题，大家一起促成了这些问题或者解决了这些问题。《一一》不是。从八岁的儿子，青春期的女儿，到妻子，小舅子，到隔壁邻居母女，每个人都得去和自己生活中的困扰进行几乎无休止的争斗。

老太太因为中风而昏迷不醒，为了刺激她的知觉，家里人每天轮流和她说话。妻子敏敏发现，她每天跟母亲讲的都是一样的，早上干什么，下午干什么，几分钟就讲完了，讲了几天，每天都一模一样。这个突然的发现让她在深夜里饮泣不止：怎么只有这么少？怎么活得这么少？感觉自己好像白活了。她受不了，又不知道怎么办，就上山去修养，求助于法师和神明。

NJ 跟昏迷的老人说：原本觉得很有把握的一些事情，现在觉得少得可怜，很多事情一点把握都没有。每天早晨醒来，就觉得，好不容易睡着了，怎么又把我弄醒呢？要去面对那些烦恼，一次又一次。我们除了自己心里一大堆问题外，又能告诉你什么呢？

活得多和活得少，活得好和活得坏，活到人生的一半的时候，也许总有一些机缘，提醒你考虑这些事情。对自己的人生百分之百满意的人，也许有吧；除了这样的人，大多数人总会有或多或少的遗憾，严重一点的，就要产生深重的失败感。

这个时候，我们就可能会不由自主地假设，这个假设当然也就是抱怨：如果换一种选择，换一个世界，换一个工作，换一些人，换一种活法，可能会不同。我们会觉得，生活本来存在着活得多和活得好的可能性。

NJ 到东京出差，和二十多年前的初恋情人相会，仿佛时光倒流，重新过了一段年轻时候的日子。这和妻子敏敏到山上的另一个世界去生活，是一个意思。

母亲去世，敏敏回来了，夫妻交流他们各自的生活。山上有什么不一样呢？妻子说：那些法师，每天轮流对她讲，讲同样的东西，重复来重复去，而她觉得，这一大堆，真的没有那么复杂；丈夫呢，他说：本来以为再活一次的话，会有什么不同；其实还是差不多，没有什么不同。再活一次的话，真的没有那个必要。

也就是说，我们假设的多种人生的可能性，可能是不存在的。

这让人想到希腊现代诗人卡瓦菲斯的那首《城市》（黄灿然译）——

你说:“我要去另一个国家，另一片海岸，
去寻找比这里更好的另一个城市。
无论我做什么，结果总是事与愿违。
我的心灵被埋葬，像一个死掉的东西一样。
在这样的分裂中，思想还能维持多久?
无论我转向哪里，无论我瞧向哪里，
我看到的都是我生命的黑色废墟，在这里，
我度了这么多年，将它们全部浪费、毁掉。”

你不会找到一个新的国家，不会找到另一片海岸。
这个城市会永远跟着你。
你会走过同样的街道，在同样的
街区里徘徊，在同样的屋子里头发变白。
你总是来到这同一个城市。不要对别的地方抱什么希望:
那里没有你的船，也没有路。
既然你已经在这里，在这小小的角落浪费了你的生命，
你就已经在世界上的任何一个地方将它毁掉。

这是对“生活在别处”的否定。这也是对假设生活可能性的否定。

但杨德昌的电影，却并不仅仅是否定。它否定了假设，却肯定了实在；它否定此生之外的另一种人生，却肯定了此生，充满烦恼和痛苦的此生，你需要付出无限的精力去对付的此生。你也只有一次这样的此生，所以你有责任把此生过好，你也应

该有一种心胸来容纳大大小小的麻烦和困扰，来容纳和体谅同在此生中的人，亲人，朋友，或者不相干的人，给他们也给自己以宽厚的理解和温暖。

我活得这么少，或者，我活得这么不好，或者，我虚度、浪费、毁掉了生命，如卡瓦菲斯诗中所说，这是一个阶段上的觉悟；但更上一层，也就可能发现，这种觉悟也可能是一种错觉。

歌德《威廉·迈斯特的学习时代》第七部第一章里，威廉遇到曾经有一面之缘的牧师，威廉抱怨从过去的岁月毫无所得，虚度年华。牧师说："你错了，我们所遇到的一切都会留下痕迹，一切都不知不觉地有助于我们的修养；可是要把它解释清楚，是有害无益的。那样一来，我们会变得不是骄傲而怠慢，就是颓丧而意气消沉，对于将来，二者都是同样地阻碍我们。最稳妥的永远是只做我们面前最切身的事……"

如果你此生的烦难和折磨没有白受，从烦难和折磨中慢慢想明白了这一层，如果你真的想对此生负责，如果你真的有足够的勇气来承担此生的烦恼，一次又一次，哪怕你一时的力量还不足够也不要紧，吃力一点就吃力一点。你看到有几个人的人生是不吃力的呢？不必那么紧张，也不用那么焦虑，也不要总是一脸苦相（NJ，你的脸可以舒展一些）。"最稳妥的永远是只做我们面前最切身的事"，此生就是我们面前最切身的事，踏实，不逃避，有耐心，学会和那些麻烦、问题相处，学会对它们有耐心。再活一次，真的没有此生对我们更为切身。

二〇〇六年十二月六日　芝加哥大学

杂忆《逼近世纪末小说选》

——陈思和老师的几封信，我还记得的一点事

一九九四年夏日的某天，晚饭后，我从外滩往九龙路走。那时候我在《文汇报》上班，办公楼就矗立在外滩边上。我对那幢大厦怀有感情，因为我在那里待了四年。我离开那里不久，报社就搬迁了，但那座大厦还在，每次经过，还是会特意仰头望望。不知道是哪一天，坐车过高架桥，习惯性去看那座楼，却没有看到——没了。后来我才知道，被拆毁了。我真是震惊，那还是一座没有多少年的大楼。我想象着拆毁后的废墟，但没有去看。

好像一开篇就走了题。世事沧桑，回忆起来不免感慨。我要说的正题，也是旧事了。趁记忆还没有完全变成废墟，赶紧记下一鳞半爪。

二十分钟后，我到了九龙路陈思和老师家里。通常是在客厅或小书房里聊天，但那天天气热，陈老师让我坐到了阳台上。高层公寓的阳台，轻微的夜风吹过，还是凉快的。那天也不是随意聊天，是商量编选《逼近世纪末小说选》的事。之前也谈过多次编部年度小说选，这一次算是正式定下来了。名字是陈老师起的，他很喜欢“逼近”这两个字，有一种在进程中的紧张感。后来他在第一本的序言中说：“它用倒计时的方法，描绘一种向世纪末的精神极限不断逼近的文学现象，这项工作从现

在起大约需要六年的时间，以“逼近世纪末”为总题，一年编一本，直到二〇〇〇年完成。这是一个在临界面上挖掘生命意义的工作，看看我们这个时代的知识分子是怎样勇敢地迈过这一道世纪之门的。”

陈老师确定了编选小组，加上李振声老师和郜元宝，一共也就四个人。在此之前，四个人在将近一年的时间里，讨论二十世纪九十年代重要的作家作品，以系列对话的形式，发表在《作家》杂志一九九四年的第四、六、八、十期和一九九五年的第一期上，一九九六年由人民文学出版社出了一个小册子，叫《理解九十年代》。这个讨论应该算作编选工作的准备吧，虽然开始讨论的时候并没有编小说选的意识。

一九九五年，上海文艺出版社同时出版了第一、二本，第一本的范围是一九九〇至一九九三年的小说，第二本是一九九四年的。此后每年出一本，直到一九九八年出第五本。

编选过程中的事，确实，我已经记不得了。我只记得有一年我去广州参加书市，在哪家书店的角落里看到一本华夏出版社印制得不怎么讲究的小说选，《革命时期的爱情》，作者王小波。我们就从书里选了同名的这篇作品。那时候哪里会想到，后来，王小波这个名字——我一时找不到合适的词，没关系，反正后来，谁人不知王小波呢。

有幸的是，今天能找到一些文字。我指的是陈老师给我的几封信。本来，在同一个城市，不会通信；但其间陈老师到早稻田大学待了半年，要商量事情就得写信了。

第一封信是一九九五年十一月写的：“去日有半月余，不知你考研之事结果如何，甚念。希望能顺利过关。”那时候我正准备回复旦读博士。“我在这里，生活、工作都很好，只是早稻田图书馆除《上海文学》《收获》《十月》外，几乎没有今年的文学杂志，所以你们选出小说后，将复印一份，交郏宗培，要出版社寄我（最好特快专递）。同时，如可能，望你写一份入选作品的说明，谈谈你们的想法，以便我作序参考。”“如上次的《逼近世纪末小说选》有，再给我买几套，让秀春带来，我可送送人。”

一九九六年一月二十七日信，完全是谈小说选，批评了初选里面的几个作品，其中说道：“××的那篇毫无意思，虽然最后结尾略有机智，但在总体上说平庸之极。”毫不含糊，见出陈老师尖锐的一面。陈老师又提出一个想法：“今年因长篇见好，能否入选一个李锐的《无风之树》，这个长篇不太长，不过十几万字……这虽属破格，也表示我们的眼识。请你与魏心宏、郏宗培商量一下，这本集子的字数不能低于二十五万到三十万之间，因前二本虽略厚，但若相差太多，也不好看。这类书只要坚持下去，宣传得当，有了一定声誉，会销得好。不要做得缩头缩脑，反而顾此失彼（郜元宝写过《无风之树》的评论，可以选用）。请速与心宏等联系为盼（《无风之树》下一轮应该获奖，可以带起其他作品）。”

我这里还保留了陈老师写给魏心宏信的复印件，是一九九六年三月六日写的，照抄如下：

心宏兄：

你好。来信收到。知兄等已对《小说选》作了十分精心的安排，甚为欣慰。这次因我不在上海，许多工作让朋友们多费了不少心，心中很是感激。李锐《无风之树》，至今我认为是九五年最有风骨的作品，是值得破格推荐的。其他几种作品的增删，我都没有意见，只是韩东的《障碍》删去有些可惜，我原计划在序中要推荐它的，后来才知被删去，但序已写了一半，再删觉可惜，只好保留着。好在这种情况在第二篇序里也有过，所以就不改动了。原来计划序写两个部分，一是碎片的世界，谈新生代小说，以张新颖的一段话为引子；二是谈长篇的成就，以郜元宝的一段话为引子。结果写下来，第一部分已达万字，再写下去，起码是二万字，作为一篇序言，觉得太长一些；其次一个原因是，年初日本大学图书馆都装订旧杂志，所以九五年杂志借阅不到。我好容易从各个大学朋友自己手中凑了一些刊物，若要看完后再写评论，非到三月底不可，这又是你们出版时间不允许，所以想下来，还是着重写了第一部分交账。须兰新换的那篇我没有看过，所以无须介绍，以后再看机会弥补。这篇序我没有留底，请兄代我复印一份交张新颖，请他在文字上、内容上再帮我把一下关，是否有不妥的地方（他对新生代作家作品把握得较好一些）。另外，这篇序若能在《小说界》发，最好，如不能发，就请新颖对它作些删节，将关于长篇的结尾部分删去，然后寄《花城》（可寄花城出版社刘钦伟先生转《花城》编辑部），一来是他们约过这方面的稿，可以寄去还债，另方面让这本书在南方作点宣传，扩大影响。

我大约四月二十五日左右回上海，那时这本书可能已出版，若需要我做什么宣传，我可以配合。

这封信可能是魏心宏复印给我的；没过几天，我又收到陈老师来信："《小说选》的事，你费了不少心，我很感激。魏心宏来信，也对你的认真态度赞扬有加。序已写好寄魏，我让他复印一份给你看看，有没有需要修改的，因为这次主要是你在操作，有些意见更重要。"

但这篇序言紧接着又写了下去，原来计划谈长篇的部分在三月下旬写好，所以陈老师又给我一信："《关于长篇小说的历史意识》一文请再复印二份，一份可以寄给林建法，在《当代作家评论》上发一下，另一份可给魏心宏，问他一下，能否将这篇与上次寄去的《逼近世纪末》序合在一起，即从原序的'构筑起一个无名时代的世纪之门'处接下去。放在《小说选》里的序不要标题，就用'序'，然后在引你的那封信前空一行，引部元宝信前再空一行就行，两个小标题都不用。如魏心宏说已经来不及插入，也就算了。"后来还是加上了。这一时期陈老师还在编他的一本集子《写在子夜》，这篇长序就分成了两篇文章，一篇题为《碎片中的世界》，一篇题为《碎片中的历史》编入。

这个系列出到第五本，即一九九七年那一卷，就没有再出下去。其实一九九八年那一卷基本编好了，现在能够找出陈老师与此有关的两封信，应该是一九九八年年底或者是一九九九年年初写的吧，那个时候他在韩国，已经用电子邮件了。这两个邮件能保存下来，因为是由孙晶转的，孙晶打印下来给我的。一封邮件说：“我读完了《逼近世纪末小说选》的作品。刘志荣寄来的《人寰》也收到。两部长篇都选得很好。中短篇里，莫言的两篇最好，舍不得放弃其中任何一篇，但从叙事特色入手，就选《三十年前的一次长跑比赛》吧。……白桦、卫慧、迟子建、杨向荣、佚名、西飏的都可以。但 ×× 和 ×× 的作品不好，希望不选……能否选一下方方的《过程》，王安忆的作品本来不想选了，但看目前的情况，选它一篇还是当之无愧的。你决定后就安排人写简评，并把目录送出版社。序等我改完文学史再写。争取回来之前完成吧。目录最后定下来可告我。”第二封邮件是关于网上作品，严锋推荐了一篇《林斗在 1978》，陈老师看后的意见是：“所涉及到少年的心理，以前都是陈丹燕们为孩子写的，这篇却是写了给成人看的，很有趣，似乎开凿了一个新的窗户。只是太粗糙一些，缺乏剪裁。你看怎样？听你的意见。”

要是没有这些信件，上面的这些细节也就无从回忆了。不知从什么时候起，我变成了一个记忆力很差的人。

但我想起了一件事，前些日子在酒桌上讲了。

还是陈老师在日本的时候，有天晚上我打电话给他，商量选目等等。我是在国年路拐角的一家小店打的。那时候，一些小杂货店常常会在柜台上放一部电话机，旁边挂个牌子，写着“国内国际长途”一类的字样。谈到具体的作家作品，谈到这个选本的追求，谈到处理这个过程中出现的问题，陈老师说了很多，很多。放下电话一结账，差不多两百块。我知道国际长途很贵，但不知道这么贵。我还是做出很从容的样子，连问都不问一声就付了钱。那时候我已经离开《文汇报》重回复旦读书了，每月只有三百块钱生活费。

听我讲了这件事后，陈老师问："你以前怎么没说起过？"

是啊，我以前怎么就没有讲过呢？怎么现在就讲了呢？

现在讲讲，也算赶上了时代。你知道，现在这个时代，不论我们开始谈论的话题是什么，到最后，总是会谈到钱上——或者是钱的变形物，譬如房子。

那么就从俗，继续谈谈钱。编选费大概是千字十块到二十块之间，具体我记不清了，也许是十五块；每篇作品要写一个简评，每篇简评五十块。记得有一次我专门去给周毅送过五十块钱简评稿酬。这样算下来，每本书编选者大概可以分个千八百的。

二〇一〇年五月十五日

一个传奇的本事续

——李辉《传奇黄永玉》读记

一

一九四七年三月，沈从文写了一篇万余字的长文，以湘西历史变化为经，一对青年男女教师的故事为纬，交织而成《一个传奇的本事》。当时在上海的黄永玉，马路上买到这张报纸，“就着街灯，一遍又一遍地读着，眼泪湿了报纸……谁也不知道这哭着的孩子正读着他自己的故事”（黄永玉《太阳下的风景》）。沈从文所写的那一对青年男女，是黄永玉的父母黄玉书和杨光蕙。“为初次介绍黄永玉木刻于读者而写成的”这篇文章，大部分谈的却是“永玉本人也并不明白的本地历史和家中情况”（沈从文《附记》）。

许多许多年过去，黄永玉也老了。老头从头写自己的故事，光是幼年，两岁到四岁，就写了二十万字。《无愁河的浪荡汉子》，密密麻麻的回忆，一生的传奇，哪一天能写完啊。

如今李辉的《传奇黄永玉》（人民日报出版社，二〇一〇年）出版，对我这个读者而言，感觉是，来的正是时候。

《传奇黄永玉》按顺序和内容分成了五个部分，时间上到一九七六年为止；如果从作者要解决的问题和相应的叙述方法来看，则可以从三个方面来看，这三个方面，用自序里的话来说，即是："或以故事叙述为主（缺少史料印证的早期生活），或基于史料的发掘来解读传主与某一具体人物的关联（如与沈从文、汪曾祺的交往），或借传主的故事进而展开对某一时期美术界整体的考证与叙述（如'文革'美术风云的碎片拼贴）。"在这三个方面，这部著作都有成就。

二

现在说起凤凰这个地方，人们往往只是赞叹它的美丽和民风的淳朴，而昧于它野蛮血腥的严酷历史。黄永玉还在襁褓中时，父母带他从常德回凤凰，路遇土匪抢孩子绑票，父母把他塞进一个大树洞，才躲过一劫。黄永玉的父母是上过师范学校、学习音乐和美术、毕业后从事教育的一对新型夫妻，还参加了共产党，一九二七年凤凰残杀共产党人，三岁的黄永玉目睹了被砍头的尸体：自传体小说《无愁河上的浪荡汉子》写王伯抱着狗狗冲进围观的人群，"走近一看，地上躺了三个人，脑壳和胸脯都有乌血。不是狗狗爸妈"。父母逃亡，黄永玉随即也被送到了乡下。

这并非可有可无的细节，也不是传主偶然的经历，过去就过去了。李辉写童年黄永玉，特别写到这个地方"古怪"的恐怖。这其实也是沈从文在谈到家乡时一直在强调的一面。沈从文一九三二年写自传写小孩子观看杀人，黄永玉一九五〇年《火里凤凰》写过去"挨刀"好汉的临刑，都含有把沉重的历史和现实里的地方因素，与个人性格、命运相联系的线索。李辉说："这种发生在城门外目睹死亡的经历，无疑内在地影响着一代又一代凤凰城孩子们的性格形成。自幼感受到血雨腥风中的野蛮与残酷，自幼看惯了死亡，对于他们，平生遇到再大的苦难，也不会感到恐惧。他们将以自己特殊的坦然，面对未来发生的一切。”这绝非凭空而来的议论。在《一个传奇的本事》里，沈从文就说黄永玉，“这不仅是两个穷教员的儿子，还是从二百年前设治以来，即完全在极变态的发展中一片土地，一种社会的衍生物”。

黄永玉少小离家之后的漂泊经历，我以前只是从各种文章和叙述里知道个零零星星，读这部传记，才获得了一个清晰的线索和完整的图景。

一九三七年春天，黄永玉离开凤凰，几经辗转到达厦门，秋天入集美学校初中，后又随学校迁到安溪山区。就是在这里，这个顽野的少年开始学习木刻。但只过了两年，初中还没毕业，他就离开了安溪，流浪到福建的德化、泉州、仙游、长乐和江西的赣州、信丰、安息等地，一直到一九四五年。黄永玉漂泊了八年，从十三岁到二十一岁。

在此期间，他遇到了两个人，一个是十七八岁时遇到的王淮，一个是二十岁遇到的张梅溪。在信丰遇到张梅溪，是他人生的一个转折点，他们从此成为终生伴侣；在泉州遇到王淮，对他尚处于艺术创作初期的摸索，有重要的鼓励和启迪。黄永玉在泉州加入了战地服务团，新来的团长王淮帮他出版了第一部作品：手印木刻集《闽江烽火》；更重要的是，告诉了一些他到老还记得的话：“你也要在画画刻木刻上头去体会那一点‘平常’，不要动不动就夸张。艺术的最高境界是随心所欲。能随心所欲的基本功就是仔细地观察生活，储存起来。”“要读书，不读书而观察生活等于零，因为你没有文化，没有消化生活的武器。技法是很快就学得会的，不要迷信，也不要轻视，世界上哪里有不会画画的画家？”

三

传记有专门写黄永玉与汪曾祺交往的内容，这是在别的地方读不到的，因为这里所披露的主要材料，一是汪曾祺的信，二是黄永玉的谈话，都不易得。汪曾祺的信是新近才发现的；黄永玉不肯写关于汪曾祺的文章，因为“他在我心里分量很重”，但他和李辉做了一次关于汪曾祺的谈话。

一九四七年，黄裳、汪曾祺、黄永玉结交于上海，有一年左右的时间三个年轻人常常结伴而行。七月十五日，汪曾祺写信给他的老师沈从文，说他昨天才初次见面的黄永玉是个“小天才”，“真有眼光的应当对他投资，我想绝不蚀本。若不相信，我可以身家作保！我从来没有对同辈人有一种想跟他有长时期关系的愿望，他是第一个。您这个作表叔的，即使真写不出文章来了，扶植这么一个外甥也就算很大的功业了”。

汪曾祺的信很长，六页纸，差不多五千字。读这封信的感觉和读后来汪曾祺的文字不大一样，其中有一段想请人写文章评黄永玉，点将录一般，随兴而谈，很有意思，也很有年轻人的意气风发：

> 我曾说还要试写论黄永玉木刻的文章，但一时恐无从

着手。而且我从未试过，没有把握。大师兄王逊似乎也可以给他引经据典的，居高临下的，用一种奖掖后进的语气写一篇。（我希望他不太在语气上使人过不去。——一般人对王逊印象都如此，自然并不见得对所有人都如此，我知道的。）林徽因是否尚有兴趣执笔？她见得多，许多意见可给他帮助。费孝通呢？他至少可以就文化史人类学观念写一点他一部分作品的读后感。老舍是决不会写的，他若写，必有可观。可惜，一多先生死了，不然他会用一种激越的侠情，用很重的字眼给他写一篇动人的记叙的，虽然最后大概要教导他“前进”。梁宗岱老了，不可能再“力量力量”的叫了。那么还有谁呢？李健吾世故，郑振铎、叶圣陶大概只会说出“线条遒劲，表现富战斗性”之类的空话了，那倒不如还是郭沫若来一首七言八句。那怎么办呢？自然没有人写也没有关系。等他印一本厚厚的集子，个人开个展览，届时再说吧。

一九五一年黄永玉在香港办个展，汪曾祺发表《寄到永玉的展览会上》，生动而富有见解地评论了黄永玉的艺术创作。

一九五三年黄永玉从香港回到北京以后，两个人生活在同一个城市，从常有来往，到渐行渐远，终至于隔膜。黄永玉告诉李辉，“‘文革’结束后，他来找过我两次。我对他很隔膜，两个人谈话也言不由衷。他还送来一卷用粗麻纸写的诗，应该还在家里”。

可是黄永玉始终认为，“我的画只有他最懂”。“他死了，这样的懂画的朋友也没有了。”

下面这段话，读时不能不在心里感慨喟叹，却又无从说明是什么样的感受：

> 和他太熟了，熟到连他死了我都没有悲哀。他去世时我在佛罗伦萨。一天，我在家里楼上，黑妮回来告诉我：“爸爸，汪伯伯去世了。”我一听，“嘀嘀”了两声，说：“汪曾祺居然也死了。”这有点像京剧《萧何月下追韩信》中，萧何听说韩信走了，先“嘀嘀”笑两声，又有些吃惊、失落地说了一句：“他居然走了。”我真的没有心理准备他走得这么早，总觉得还有机会见面。他走的时候还不到八十岁呀！要是他还活着，我的万荷堂不会是今天的样子，我的画也不会是后来的样子。

四

传记写“文化大革命”初期美术界所遭受的大规模冲击和一九七四年的“黑画事件”，关注的重心已经不仅仅是黄永玉一个人的遭遇，更是一大批艺术家的命运和一个特殊时期的历史情形。这里的头绪相当繁杂，可资利用的资料必须花大量工夫去寻找、考辨。除了当年的报刊、现在已经公开的文献、当事人的回忆和访谈，李辉还搜集了大量当时的“文化大革命”小报、批判材料汇编的小册子等等，使得还原历史情境的叙述能够落到实处和细处。

这里面有些东西饶有意味。举两个小例子。

“文化大革命”初期被推到历史前台接受讨伐的画家，都是当时还在世创作的，除了一位齐白石，一九五七年已经去世。为什么齐白石会在一九六七年成为讨伐对象？一篇小报文章称，这一年五月，红卫兵和造反派发现了毛泽东一九六五年七月十八日关于绘画使用模特儿问题的批示。现在我们可以在《建国以来毛泽东文稿》第十一册（中央文献出版社，一九九六年）查到毛泽东在一封信上的批语，关于齐白石，有这样的话：“齐白石、陈半丁之流，就花木而论，还不如清末某些画家。”“……齐白石、陈半丁流，没有一个能画人物的。”与毛泽东批语同时在小报上披露的，还有江青一九六四年十月二十五日与中央美院三名教师的谈话，在小报刊登的这篇《与美术学院教员的谈话》中，江青非常“风趣”、非常“形象”地说：“陈半丁的画各地都是，齐白石的一把葱、两头蒜、几个虾米说得那么好？很奇怪，怎么捧起来的？齐白石反对土改，身上挂一串钥匙，守财奴！”

另一个例子是一张信笺，二〇〇八年不知道怎么流到了收藏市场。这是于会泳一九七四年写给姚文元的信，信中说有一篇反击美术黑线回潮的文章，点了宗其香和黄永玉二人的名，请示发表。姚文元两周后作批示，提出两个方案，送呈张春桥、江青。张春桥和江青又分别批示。一张信笺，几个历史角色，边边角角都写满了字：“黑画事件”的关键批示。这封信现在被黄永玉装裱起来，挂在卧室里。

五

我手头有李辉的一本《与老人聊天》（大象出版社，二〇〇三年），里面有一篇和黄永玉的谈话记录，时间是一九八九年四月，在凤凰。那算是为写黄永玉传作的第一次采访。如果从那个时候算起，到现在《传奇黄永玉》出版，已经过了二十年。李辉不是写作速度慢的人，这一本传记写得却不能算快。看看他费心搜集的那些零零碎碎的资料（他自己称之为“风中碎片”），看看他把大小不一、形状各异的碎片拼成相对完整的图景，看看他要从中找出历史的脉络和命运的踪迹，又觉得这是必须的，必须付出漫长的时间和大量的精力。

而且还没有完。继续投入时间和精力，写出一九七六年之后的黄永玉，写出这个生命中年之后的焕发和艺术上的创造，是一件诱人而仍然艰难的工作。不过我相信不用再过二十年了。

二〇一〇年七月十七日

第三辑

钱锺书挖苦胡适

钱锺书读大学的时候写《中国新文学的源流》书评，批评周作人根据“文以载道”和“诗以言志”来分派，说“诗”是“诗”，“文”是“文”，各有各的规律和使命，可以并行不悖，无所谓两“派”。虽然是极短小的文章，还是讲了在传统的文学批评上的道理。

《中国诗与中国画》旧话重提，却不耐烦从传统的文学批评上多作辨析，而是打了个比方：好比说“他去北京”“她回上海”，或者“早点是稀饭”“午餐是面”，相互并不矛盾；你把它变成“顿顿都喝稀饭”与“一日三餐全吃面”，或者“两口都上北京”与“双双同去上海”，就是相互排除的命题了。这个比方的好处是清楚明了，但也把复杂的问题简化了。这一简化，就挖苦了。好像周作人连一个人可以早点喝稀饭、午餐吃面也不懂，非得要么是顿顿喝稀饭，要么是三餐全吃面。

讲中国诗与中国画，本也不必提文学批评史上的问题，钱锺书在这里是举个例子，说明对传统不够理解，会发生矛盾的错觉。既是举例，当然也可以举别的例子。偏偏举这个例子，或许多少可以见出“耿耿于怀”的“偏爱”。

但这被我不恰当地称为“耿耿于怀”的“偏爱”，并非只是针对周作人的，“载道”“言志”两派对立的说法成了常谈，新文学家尤其喜欢以此为据阐发主张。对新文学家，特别是新文学家的主将（一般的新文学家当然不在眼里），钱锺书真是不够客气。

以《七缀集》挖苦胡适为例。《七缀集》所谈，基本与新文学无关，胡适本来可以不提；事实上，下面举的几个例子，出自《中国诗与中国画》和《林纾的翻译》两篇文章，在《旧文四篇》（上海古籍出版社，一九七九年）里都没有提到胡适，到《七缀集》就加上去了。

《中国诗与中国画》第一部分讲到旧传统和新风气，提到周作人，《旧文四篇》里是这么说的："三十年代中国有些批评家宣称明代'公安''竟陵'两派的散文为'新文学源流'。"到《七缀集》的版本，拉上胡适，这一段文字就不仅仅是多个例子了："我们自己学生时代就看到提倡'中国文学改良'的学者煞费心机写了上溯古代的《中国白话文学史》，又看到白话散文家在讲《新文学源流》时，远追明代'公安''竟陵'两派。这种事后追认先驱（préfiguration rétroactive）的事例，仿佛野孩子认父母，暴发户造家谱，或封建皇朝的大官僚诰赠三代祖宗，在文学史上数见不鲜。"

接下去说这样做会影响创作，也改造传统；但抢眼的，还是"野孩子""暴发户""封建大官僚"并排而来的比喻，仿佛一个不够，两个也不足（《旧文四篇》里只"暴发户"和"野孩子"），非要一口气并排三个才算圆满。

当年亚东书局标点重印《醒世姻缘传》，胡适隆重其事，费时费力做《〈醒世姻缘传〉考证》，写后记，还在自己家里把徐志摩关了四天写长序。《林纾的翻译》讲到林纾的"古文义法"，引李葆恂《旧学盦笔记》里关于《儒林外史》的评价，钱锺书在这里加了一条注释，由《儒林外史》说到《醒世姻缘传》，引李氏对《醒世姻缘传》的评价之外，又引李慈铭《越缦堂日记补》、黄公度《与梁任公论小说书》里对该书的推崇之言，然后说："这几个例足够表明：晚清有名的文人学士急不及待，没等候白话文学提倡者打鼓吹号，宣告那部书的'发现'，而早觉察它在中国小说里的地位了。"

林纾翻译《巴黎茶花女遗事》，有一段原文二百十一个字，林纾只用十二个字来译："女接所欢，嬺，而其母下之，遂病。"嬺，妇人妊身也。胡适在他的名文《建设的文学革命论》里抓林纾的把柄，却错引了，《七缀集》版的《林纾的翻译》因此多了这么一条注释："林纾原句虽然不是好翻译，还不失为雅炼的古文。'嬺'字古色烂斑，不易认识，无怪胡适错引为'其女珠，其母下之'，轻藐地说：'早成笑柄，且不必论'（《胡适文存》卷一《建设的文学革命论》）。大约他以为'珠'是'珠胎暗结'的简省，错了一个字，句子的确就此不通；他又硬生生在'女'字前添了'其'字，于是紧跟'其女'的'其母'变成了祖母或外祖母，那个私门子竟是三世同堂了。胡适似乎没意识到他抓林纾的'笑柄'，自己着实赔本，付出了很高的代价。"

钱锺书年轻时即卓尔不群，赢得声名，他父亲钱基博在三十年代初给他的信里多有训诫："勿以才华超绝时贤为喜，而以学养不及古贤人为愧！"还曾特别说过，"我望汝为诸葛公、陶渊明，不喜汝为胡适之、徐志摩！"

二〇〇九年八月八日

鱼化石

一

夏济安在西南联大教书的时候，爱上他班里的一名女学生，可是一个人内心狂热痴想，很少化为切实的言行，偶有笨拙的表示，自以为深意存焉，对方却极可能浑然不觉，结果，自然是没有什么结果。《夏济安日记》在台湾是一本很有名的书，重版多次，我手头所据的是时报文化出版公司一九八〇年第八版的复印件。一代名家的这一段苦恋心迹，不能不令读者感慨良多。

夏济安那时来往较多的年轻同事有卞之琳、钱学熙等，而卞之琳的恋爱苦恼之深犹甚于他，所以他有时候会把自己跟卞之琳比，以苦比苦，似乎苦还可以忍受，恋爱不是一件容易的事，不独于己如此，这也勉强算是个安慰。一九四六年一月十二日记：钱学熙“批评卞之琳爱情失败后，想随随便便结个婚，认为这是放弃理想，贪求温暖，大大要不得”。夏济安在日记里替卞之琳——其实是为自己——辩解道：“可是像卞之琳这样有天分有教养的人，尚且会放弃理想，足见追求理想之难了。”

卞之琳苦恋的对象是张充和。一九三三年，卞之琳虚岁二十三，夏天在北京大学英文系毕业，秋天认识了来北大中文系念书的张充和。因为张充和，卞之琳诗创作也发生了很有意味的变化。当初闻一多先生曾经当面夸他在年轻人中间不写情诗，他自己也说一向怕写私生活，“正如我面对重大的历史事件不会用语言表达自己的激情，我在私生活中越是触及内心的痛痒处，越是不想写诗来抒发。事实上我当时逐渐扩大了的私人交游中，在这方面也没有感到过这种触动”。“但是后来，在一九三三年初秋，例外也来了。”——他在《〈雕虫纪历〉自序》中坦言——“在一般的儿女交往中有一个异乎寻常的初次结识，显然彼此有相通的‘一点’。由于我的矜持，由于对方的洒脱，看来一纵即逝的这一点，我以为值得珍惜而只能任其消失的一颗朝露罢了。不料事隔三年多，我们彼此有缘重逢，就发现这竟是彼此无心或有意共同栽培的一粒种子，突然萌发，甚至含苞了。我开始做起了好梦，开始私下深切感受这方面的悲欢。隐隐中我又在希望中预感到无望，预感到这还是不会开花结果。仿佛作为雪泥鸿爪，留个纪念，就写了《无题》等这种诗。”但事情并不到《无题》诗时期为止，“这番私生活以后还有几年的折腾长梦”。说得更郑重一些，这其实是一个人一生中刻骨铭心的经验和记忆。其中不乏一些感情的细节，如《无题三》所写——

我在门荐上不忘记细心的踩踩，
不带路上的尘土来糟蹋你房间
以感谢你必用渗墨纸轻轻的掩一下
叫字泪不玷污你写给我的信面。

门荐有悲哀的印痕，渗墨纸也有，
我明白海水洗得尽人间的烟火。
白手绢至少可以包一些珊瑚吧，
你却更爱它月台上绿旗后的挥舞。

香港的张曼仪女士是卞之琳研究专家，她编选的《中国现代作家选集·卞之琳》一书附有《卞之琳年表简编》，极其简单的年表，许多事情只能略而不记，却特别在意地记下了与张充和相关的“细小”信息，如一九三三年的初识；如一九三六年十月，回老家江苏海门办完母亲丧事，“离乡往苏州探望张充和”；如一九三七年，“三月到五月间作《无题》诗五首”，又，“在杭州把本年所作诗十八首加上先两年各一首编成《装饰集》，题献给张充和，手抄一册，本拟交戴望舒的新诗社出版，未果，后收入《十年诗草》”。如一九四三年，“寒假前往重庆探访张充和”，其时距初识已经十年。年表虽然是张曼仪所编，这些事情却一定是卞之琳讲出来并且愿意郑重编入年表中的。

一九五五年，卞之琳四十五岁，十月一日与青林结婚。

二

据张充和的二姐张允和讲，“四妹喜欢小红帽，在北京大学念书时同学们叫她‘小红帽’。小红帽很淘气，有一次到照相馆特意拍了一张歪着头睁一只眼闭一只眼的古怪照片，又拿着这张照片到东吴大学的游泳馆办理游泳证。办证人员说，这张照片怎么行，不合格。她装出很奇怪的样子说‘为什么不合格?

你们要两寸半身，这难道不是吗？”（《张家旧事》）张充和喜欢男装，这一点像三姐张兆和。她特别擅长书法和昆曲，后来在美国的大学里，也传授此道。

张充和还记得一件趣事，说是沈从文为追求三姐，一九三三年寒假第二次到苏州，晚饭后张家姐弟围着炭火听他讲故事。沈从文有时手舞足蹈，刹不住车。“可是我们这群中小学生习惯是早睡觉的。我迷迷糊糊中忽然听一个男人叫：‘四妹，四妹！’因为我同胞中从没有一个哥哥，惊醒了一看，原来是才第二次来访的客人，心里老大地不高兴。‘你胆敢叫我四妹！还早呢！’这时三姐早已困极了，弟弟们亦都勉强打起精神，撑着眼听，不好意思走开。真有‘我醉欲眠君且去’的境界。”（《三姐夫沈二哥》）

抗战爆发后，张充和与沈从文、张兆和一家集聚昆明，张充和的工作是专职编教科书，这项工作由杨振声负责，沈从文是总编辑并选小说，朱自清选散文，张充和选散曲，兼做注解。一九四七年张充和又和三姐一家相聚北平，第二年来自美国的一个年轻人认识了在北京大学任教的沈从文，并和沈家的两个男孩交上了朋友，说是有益于学习汉语。沈从文很快就发现，这个常常来家里的年轻人对张充和比对他更感兴趣，便不再同他多谈话，一来就叫张充和，让两个人单独在一起。连孩子们都看出了苗头。一九四八年十一月十九日，这个叫傅汉思（Hans H.Frankel）的美国人和张充和举行了一个中西结合的婚礼，一个月后离开北平同往美国，从此形影相随，幸福度日。

三

卞之琳是个极度认真的人，他的“我”似乎始终处在他身上同时存在的“另一个我”相对于一般人而言更为严格地注视、牵制、监控和反省的状态之下，这样一种构成使他性格和气质中的一些因素显得特别突出，譬如沉潜、内向、多思、矜持、顾虑重重、犹疑不决等等，这促成了他的写诗活动对于他要表达的情与事，是一种有“距离的组织”，另一层次上，也使他对自己的诗歌写作的叙述，能够保持比一般的作家自述更多一些的理性、“客观”和审思，也成为一种有“距离的组织”。

基于这一角度考虑，卞之琳的自述长文《〈雕虫纪历〉自序》就有理由被看作是提供了许多重要信息的、可信度很高的“交代”。他说，“人非木石，写诗的更不妨说是‘感情动物’。我写诗，而且一直是写的抒情诗，也总在不能自已的时候，却总倾向于克制，仿佛故意要做‘冷血动物’。规格本来不大，我偏又喜爱淘洗，喜爱提炼，期待结晶，期待升华，结果当然只能出产一些小玩意儿”。这种跟自己过不去的倾向和做法，并不仅仅是性格和气质因素使然，出于诗学和诗艺上的讨论，我们自然会注意到他所选择并受其影响的古、欧诗歌传统和潮流，而对一个有自觉追求并逐渐产生相应的文学能力的诗人来说，为了消化影响、脱出影响，则努力变“古化”和“欧化”为“化古”“化欧”。

一般说来，写诗是一回事，在生活中表达感情是另一回事。可是如果把诗与生活混合为一，用诗来表达感情呢？

卞之琳诗思、诗风的复杂化，特别见于从一九三三年到一九三七年的创作。这一时期的创作代表了他写诗的最高成就，多能以细密繁复的组织、趋向延伸的内蕴，传达现代人精微、敏锐、复杂的经验、思想和感受。这些诗耐读的品性，其中一个原因与卞之琳规避直接表达有关。他的写诗，也像他诗里常常写到的人、事、物的迁变一样，起作用的是淘洗、沉淀，倘若以诗解诗，不妨留意这样的诗句："我明白海水洗得尽人间的烟火"（《无题三》）；"'水哉，水哉！'沉思人叹息 / 古代人的感情像流水 / 积下了层叠的悲哀"（《水成岩》）。他仿佛相信时间的力量，而"时间磨透于忍耐！"他总倾向于认为"回顾"时还挂着的"宿泪"（比即时的热泪）更有表现力（《白螺壳》）。

这样一来，他在诗中表达的感情，就显得特别曲折。譬如想象《无题四》里出现的这样的日常情景：看见所爱的人胸前的饰品，想知道它是从哪里来的，这大概是普通的、自然的、直接的反应；可是到了卞之琳的诗里，那个人因此要研究物质文化交流史。从生活的立场而不是从诗的立场上来看，这个弯就转得太大了，甚至令人不明白所以言。前面再加上两句起兴似的铺陈，真是煞费苦心——

隔江泥衔到你梁上，
隔院泉挑到你杯里，
海外的奢侈品舶来你胸前：
我想要研究交通史。

不过要是读明白了其中的用心良苦，恐怕十有八九的情形是无言以对。更无言以对的是这样的“色空觉悟”：因为世界容纳了恋人的款步，所以它是空的。这是《无题五》——

我在散步中感谢
襟眼是有用的，
因为是空的，
因为可以簪一朵小花。

我在簪花中恍然
世界是空的，
因为是有用的，
因为它容了你的款步。

如果不是出于个人特别的习惯、意识和诗艺的琢磨，怎么会写出《鱼化石》（一条鱼或一个女子说：）——

我要有你的怀抱的形状，
我往往溶化于水的线条。
你真像镜子一样的爱我呢。
你我都远了乃有了鱼化石。

根据《鱼化石后记》的解释，诗的第一行化用了保尔·艾吕亚（P. Eluard）的两行句子：“她有我的手掌的形状 / 她有我的眸子的颜色。”并与司马迁的“女为悦己者容”的意思相通；第二行蕴含的情景，从盆水里看雨花石，水纹溶溶，花纹溶溶，令人想起保尔·瓦雷里的《浴》；第三行“镜子”的意象，仿佛与马拉美《冬天的颤抖》里的“你那面威尼斯镜子”互相投射，马拉美描述说，那是“深得像一泓冷冷的清泉，围着镀过金的岸；里头映着什么呢？啊，我相信，一定不止一个女人在这一片水里洗过她美的罪孽了；也许我还可以看见一个赤裸的幻象哩，如果多看一会儿”。而最后，鱼化成石的时候，鱼非原来的鱼，石也非原来的石了。这也是“生生之谓易”；也是“葡萄苹果死于果子，而活于酒”。可是诗人又问：“诗中的‘你’就代表石吗？就代表她的他吗？似不仅如此。还有什么呢？待我想想看，不想了。这样也够了。”

二〇〇〇年一月十二日

山山水水总关情

一

《山山水水》是卞之琳的一部长篇小说，可惜现在不能看到全貌了。

怎么会想到写一部长篇呢？诗人后来回忆说，踏上“而立”的门槛，自以为有了阅历，不满足于写诗，试图以生活实际中“悟”得的“大道理”，写一部“大作”，用形象表现，在精神上文化上竖贯古今，横贯东西，沟通了解，挽救“世道人心”。当时妄以为知识分子是社会、民族的神经末梢，就着手主要写知识分子。一九四一年暑假动笔，一年多写出十之七八，一九四三年暑假续写，借用冯至昆明东山的林场小舍，一个人自理生活，到中秋节完成了全部初稿。

诗人的自述有些抽象和含混，不知道相关人事恐怕不容易明白。倒是有沈从文一段文字，说得感性而直接。沈从文一九四四年写了一篇叫《绿魇》的散文，其中叙及他一家和其他人借居昆明郊区呈贡一个大院的情形。一个女孩子，住过又走了，却又迁来对这个女孩子用情甚深的寄居者。沈从文的文章里没有写出名字，只说，“一个从爱情得失中产生灵感的诗人，住在那个善于唱歌吹笛的聪敏女孩子原来所住的小房中，想从窗口间一霎微光，或书本中一点偶然留下的花朵微香，以及一个消失在时间后业已多日的微笑影子，返回过去，稳定目前，创造未来。或在绝对孤寂中，用少量精美文字，来排比个人梦的形式与联想的微妙发展。每到小溪边去散步时，必携同我那个五岁大的孩子，用箬竹叶折成小船，装载上一朵野花，一个泛白的螺蚌，一点美丽的希望，并加上出于那个小孩子口中的痴而黠的祝福，让小船顺流而去”。诗人“必然眼睛湿蒙蒙的，心中以为这个五寸长的船儿，终会有一天流到两千里外那个女孩子身边”。这个折竹船顺水漂流的相当“文学化”的细节，却是实有的，沈从文在另一篇散文《黑魇》也写过。

《绿魇》里还说：“诗人所住的小房间，既是那个善于吹笛唱歌的女孩子住过的，到一切象征意味的爱情，依然填不满生命的空虚，也耗不尽受压抑的充沛热情时，因之抱一宏愿、将用个三十万言小说来表现自己，扩大自己。两年来，这个作品居然完成了大部分。有人问及作品如何发表时，诗人便带着不自然的微笑，十分慎重地说：‘这决不忙发表，需要她先看过，许可发表时再想办法。’”

二

小说以抗战初期的邦国社会为背景，以一对青年男女的悲欢离合为主线，四卷，写三年时间，四个地点——两个战区中心武汉和延安，两个大后方城市成都和昆明——季节轮换，山水相隔又相连，“行行重行行”——作品借《古诗十九首》的一句作为的题词，取字面上反复行进的态势。

这小说读起来，是很需要点耐心的。卞之琳虽然觉得他是在写一种与诗大不相同的东西，但他写小说，还是像他写诗。他的诗耐读，他小说里的句子差不多也是需要你读“进去”，读到句子里面去，而不可读“下去”，一句一句毫无阻碍地连下去。第一卷《春回即景一》那一章，写到女主人公林未匀在武汉街头碰到当年为她和梅纶年牵线搭桥的廖虚舟，廖说曾见梅纶年的指铗里无意中截留着一小片新月形、色彩鲜明的指甲——

> 未匀这一下禁不住脸红了。
>
> “我还记得，”廖又说下去，“你在交给我的一篇卷子里问起为什么大家相信如来也喜欢香花供奉，过后，在那个冬天，纶年又问我说，如果《诗经》里的情歌原来都出于孔子自己的手笔，你会觉得蹊跷吗？多离奇的一对问题，可是他们互相回答得正好，而且很美，可不是？因此，”他说得严肃了起来，“原谅我倚老卖老，我要劝勉你们协同努力，证悟你们的价值，践行你们在永恒里的位置。我把你们当作道的诸相之一。我把你们两个放在一起看作正配在最高枝上开放的一朵花，而叹赏那一个永远高洁的风姿。‘天行健’，也就表明了永求完美的努力。（你看我实在并不是一个佛家，我只是拿佛家想法的空灵来清疏了我儒家头脑的踏实。）不错，每一分钟的努力之内都有永恒的刹那——一个结晶的境界进向次一个结晶的境界，这就是道。进步也就该如此。”他接着用比喻说明了一下，那在未匀一时更难于索解。“还是不要紧的，”他继续说，

> “即使‘溯回从之’，仍然是‘宛在水中央’。噢，对了，去年春天也就是我催劝他直下江南去的，你知道。”他又把眉头皱成了一个微笑。

用情其实是践道。这里的话可以为卞之琳的某些诗做注解。也不妨看成是这部长篇作品所写的“儿女情长”不同一般的核心所在。践道是很重的词，轻易不会用；其情如何，也不是可以轻易说说的。

熟悉卞诗，再来读小说，不时会碰到会心处。行文中多次说到梅纶年的“交通史研究”，譬如第二卷的一章，《山水·人物·艺术》，未匀由三峡风光、一位现代法国作家的议论、“巴东三峡巫峡长，猿啼三声泪沾裳”的渔歌，想到古今的交通工具，接下来，想到纶年，“未匀想纶年又该眉开眼笑得把面孔都圆成一个孩子脸了，因为他总以交通史研究者的资格而津津乐道一位现代西洋作家关于文学作品说的古今的‘同时的存在’”。读到这里，不能不想起《无题》里著名而突兀的句子：“隔江泥衔到你梁上，/ 隔院泉挑到你杯里，/ 海外的奢侈品舶来你胸前：/ 我想要研究交通史。”除了这首诗，还真没看到因为所爱的人戴着舶来的饰品而要研究“交通史”的。

这一对儿女，相聚又分离，又相聚又分离，回环往复的感情既有上旋的希望又有下旋的危机，总在旋进的态势里，小说似乎没法结束。第四卷写两人在昆明重会，谈论未匀画的一幅山水，未匀又给纶年表演昆曲《昭君出塞》里的舞姿，那么聪慧的两个人，自然能更深地体会：山川隔人、联起人来的也是山川。隔隔联联，没有终了。写小说的人硬造出一个结局，说是，“只因小说总得告一个段落，有一个收场，所以，在最后从整体说来是宁穆的情调中，同样以冷嘲色调一方面使并不贪生怕死的纶年在前方的险境里没有发生事故而在后方安然不避空袭，猝被轰炸所消行灭迹，一方面使总想高飞远举的未匀先一步飞走别处而落入了有待她挣脱出来的一种无形的精神罗网”。

三

近来看到几篇文章提到《山山水水》这部长篇，不约而同地说是卞之琳用英文创作的，其实是卞之琳自已用英文译改中文初稿。中文稿在当时不可能出版，除了上引沈从文说的人事原因之外，还有“政治问题”：小说第三卷写延安，在国统区显然犯忌。卞之琳选择用英文译改，当然还有他个人创作上的野心：当时用英文写的中国题材作品，像赛珍珠那样的使他感到可憎，因为迎合西方的偏见和口味，出中国“洋相”；像林语堂那样“美化”中国，他也不怎么佩服。

卞之琳用英文译改、修订这部作品，也真是下了苦功。不仅耗时长久，而且跨越山山水水。一九四七年卞之琳获英国文化协会“旅居研究奖”，到牛津继续修订译改稿。卞之琳曾经在一九四五年翻译过衣修午德的小说《紫罗兰姑娘》，一九四八年六月衣修午德约他在伦敦午餐，他带去了《山山水水》上编英文译改稿，请衣修午德过目。衣修午德读后给他写了一封信：

……我已经读了你的小说，它非常使我感兴趣。实在，我从没有读到过任何作品能如此满足我对现代中国生活的好奇心。我第一次好像“听见”了活的中国人谈话的调子——轻松，微妙，在冷嘲语和玩笑话后边的严肃意味。未匀是一个迷人的人物。她所说和所想的每点似乎都增加了我对中国的了解！

然而把这部书译成英文，我恐怕，你担当了一个几乎是不可能的任务。为达到任何通常的目的，你的英文知识当然是足够的。但只有英国人——实在只有极少数几个英国人——才能完全胜任于对待你写这部书所用的极端复杂的风格。试想一个法国人把普如斯特（即普鲁斯特，编者注）译成英文，或者一个英国人把亨利·詹姆士（即亨利·詹姆斯，编者注）译成法文吧！事实上，我以为你却作出了奇迹，但是你的英文里还有——可以这样说吧？——百分之十五的中文！我知道你会了解我这样坦率讲，无非是因为我如此赞佩你的作品，因为我愿意见到它获得最充分的赏识。

衣修午德既真心地称赞，也坦率地指出问题。信中提到普鲁斯特和亨利·詹姆斯，卞之琳“从中感到一点公平的戏嘲，顿令我憬悟”。他在一个冬日多雾的中世纪山村柯茨瓦尔德（The Cotswalds）继续埋头译改修订。自己也没想到不久事情会发生急转：淮海战役打响的消息“震醒”了他，使他断然搁笔，乘船回国。回国后投身到热潮里，过了年想起这部小说，就把中文初稿找出来付诸一炬，“原因就在于我悔恨了蹉跎岁月，竟在那里主要写了一群知识分子而且在战争的风云里穿织了一些‘儿女情长’！”英文译改稿也在“文化大革命”初期散失。

卞之琳的“悔恨”和焚稿，并非无端之举。一九三八年的延安之行是他个人思想变化的一个转折点，《山山水水》有一章叫《海与泡沫》，写延安的集体开荒，他那时已经在感受“文化人拿锄头开荒的意义”了。

五十年代初期的卞之琳没想到他那时已经烧不干净了，因为他在中文全稿完成后，曾把一些章节零零散散在杂志上发表过了。我们今天能够看到的，就是这些章节。一九八二年香港山边社印行了这部零散残存的《山山水水》，约七八万字的篇幅，卞之琳写了《卷头赘语》，回忆了写作这部作品的过程，说现存的“残砖破瓦”“远远不及全稿的十分之一”。珠海出版社一九九七年出版“世纪的回响”丛书，其中有卞之琳的一册《地图在动》，把香港出的这本小书全部收在里面。

四

再说一点作品外的事。在沈从文看来，创作这部小说的诗人，在现实中是有些不明白的地方的。接着文章开始引的文字，沈从文写道："决想不到作品的发表与否，对于那个女孩子是不成为如何重要问题的。就因为他还完全不明白他所爱慕的女孩子，几年来正如何生存在另外一个风雨飘摇事实巨浪中。怨爱交缚之际，生命的新生复消失，人我间情感与负气作成的无可奈何环境，所受的压力更如何沉重。这种种不仅为诗人梦想所不及，她自己也还不及料，一切变故都若完全在一种离奇宿命中，对于她加以种种试验。这个试验到最近，且更加离奇，使之对于生命的存在与发展，幸或不幸，都若不是个人能有所取舍。……当有人告给二奶奶，说三年前在后楼住的最活泼的一位小姐，要回到这个房子来住住时，二奶奶快乐异常地说：'那很好。住久了，和自己家里人一样，大家相安。× 小姐人好心好，住在这里我们都欢喜她！'正若一个管理码头的，听说某一只船儿从海外归来神气一样自然，全不曾想到这只美丽小船三年来在海上连天巨浪中挣扎，是种什么经验。为得来这个经验，又如何弄得帆碎橹折，如今的小小休息，还是行将准备向另外一个更不可知的陌生航线驶去！"

二〇〇一年八月十九日

沈从文谈汪曾祺

汪曾祺去世已经十多年了。

汪曾祺去世前，梦见了他的老师沈从文。“沈先生还是那样，瘦瘦的，穿一件灰色的长衫，走路很快，匆匆忙忙的，挟着一摞书，神情温和而执着。”汪曾祺记下了这个梦，只有一两百字。一九九七年五月的一天，我在《文汇报》“笔会”版读到《梦见沈从文先生》，作者的名字上加了个黑框。心里为之震动。

汪曾祺对他的老师的感情，真是深厚。他谈沈从文的作品，谈沈从文这个人，写了一篇又一篇，写得那么多，又都那么好。临终一梦，绝非凭空而来。

那么沈从文是怎么看汪曾祺的呢？没有专门的文章，却有零星的文字，散落在他给友人的书信中。很值得辑出来，集中起来看看。

一九四一年二月三日，沈从文给施蛰存写信，谈及昆明的一些人事，其中说道：“新作家联大方面出了不少，很有几个好的。有个汪曾祺，将来必有大成就。”语气极其肯定。现存沈从文书信，这是最早提到汪曾祺的；而汪曾祺当时还只是试笔阶段，在西南联大一群学生作家中崭露头角而已。

汪曾祺一九四六年到上海，找不到职业，情绪很坏，甚至想自杀。沈从文从北平写信，把他大骂一顿，说他这样哭哭啼啼的，真是没出息。“你手中有一枝笔，怕什么！”此信不存，却在汪曾祺记忆里难以磨灭；他还记得老师同时让三姐(张兆和)从苏州写了一封长信来安慰。

此一时期的存信中有沈从文一九四七年二月给李霖灿、李晨岚的一封，请求朋友帮忙为汪曾祺找工作：“济之先生不知还在上海没有。我有个朋友汪曾祺，书读得很好，会画，能写好文章，在联大国文系读过四年书。现在上海教书不遂意。若你们能为想法在博物馆找一工作极好。他能在这方面作整理工作，因对画有兴趣。如看看济之先生处可想法，我再写个信给济之先生。”

一九四九年初，时代巨变之际，内交外困的沈从文陷入严重的精神危机，不仅绝望于大势，连亲近的人也不能理解更让他感到孤立。他曾写下这么一段尖利的话：“金隄、曾祺、王逊都完全如女性，不能商量大事，要他设法也不肯。一点不明白我是分分明明检讨一切的结论。我没有前提，只是希望有个不太难堪的结尾。没有人肯明白，都支吾过去。完全在孤立中。孤立而绝望，我本不具有生存的幻望。我应当那么休息了！”一九八八年汪曾祺写《沈从文转业之谜》，谈起老师当年“精神失常”时的“呓语狂言”，有这样的评论：“沈先生在精神濒临崩溃的时候，脑子却又异常清楚，所说的一些话常有很大的预见性。四十年前说的话，今天看起来还是很准确。”

一九六一年二月，沈从文在阜外医院住院期间，给下放到张家口沙岭子劳动的“右派分子”汪曾祺写了一封长信，鼓励他不要放下笔。信是用钢笔写在练习本撕下来的纸上，十二页，六七千字；从医院回家后又用毛笔在竹纸上重写一次寄出。“一句话，你能有机会写，就还是写下去吧，工作如作得扎实，后来人会感谢你的！”语重心长；又说，“至少还有两个读者”，就是他这个老师和三姐，“事实上还有永玉！三人为众，也应当算是有了群众！”

一九六二年十月，在致程流金的信中有一大段谈汪曾祺，沈从文为他打抱不平：“人太老实了，曾在北京市文联主席‘语言艺术大师’老舍先生手下工作数年，竟像什么也不会写过了几年。长处从未被大师发现过。事实上文字准确有深度，可比一些打哈哈的人物强得多。现在快四十了，他的同学朱德熙已作了北大老教授，李荣已作了科学院老研究员，曾祺呢，才起始被发现。我总觉得对他应抱歉，因为起始是我赞成他写文章，其次是‘反右’时，可能在我的‘落后非落后’说了几句不得体的话。但是这一切已成‘过去’了，现在又凡事重新开始。若世界真还公平，他的文章应当说比几个大师都还认真而有深度，有思想也有文才！‘大器晚成’，古人早已言之。最可爱还是态度，‘宠辱不惊’！”

一九六五年十一月，沈从文信里与程流金谈起大学教写作，又是感慨又是骄傲地说：“我可惜年老了，也无学校可去，不然，若教作文，教写短篇小说，也许还会再教出几个汪曾祺的。”那个时候因为京剧《沙家浜》，已经不是连老舍也不知道汪曾祺会写东西的状况了。

一九七二年六月，沈从文致信张宗和，提到汪曾祺：“改写《沙家浜》的汪曾祺，你可能还记得住他。在这里已算得是一把手。可没有人明白，这只比较得用的手，原来是从如何情况下发展出来的！很少人懂得他的笔是由于会叙事而取得进展的。当年罗头徇私，还把他从联大开革！”

也是在这一年的六月，陈蕴珍（即巴金夫人萧珊）最后入医院前收到沈从文从北京寄来的信，含着眼泪拿着信纸翻来覆去地看，小声地自言自语：“还有人记得我们啊。”沈从文向在艰难岁月中的老友巴金夫妇谈起动荡年代里的家常，谈到彼此都熟悉的一些人的近况，当然不会忘记说说萧珊青年时代的朋友汪曾祺：“曾祺在这里成了名人，头发也开始花白了，上次来已初步见出发福的首长样子，我已不易认识。后来看到腰边帆布挎包，才觉悟不是‘首长’。”有一丝调侃，却是在亲切的、沧桑感怀的调子里。

二〇一〇年一月二十二日

穆旦与萧珊

一、“您问起她安葬的地方”

一九七二年十月二十七日，巴金致信穆旦：

良铮先生：

谢谢您的来信。我几次拿起笔想写回信，可是脑子里仿佛一团乱麻，不知道从哪里写起，现在还是如此。想来想去，我只能写上面写的那两个字：谢谢。我想说的许多话都包括在它们里面了。其他的我打算等到我的问题解决以后再写。死者在病中还几次谈到您，还想找两本书寄给您（《李白与杜甫》），后来书没有买到，又想您也许用不着，也就没有再提了。您问起她安葬的地方，我只能告诉您她的骨灰寄存处，那是龙华火葬场（漕溪路二一〇号）二楼六室八排四一七号四格。您将来过上海，去那里，可以见到她的骨灰盒。我本来要把骨灰盒放在家里，孩子们怕会影响大家的情绪，就存放在火葬场，三年后可以接回家来。至于一般的公墓，早已没有了。

再一次谢谢您。祝

好！

李尧棠　十月廿七日

这封信见《巴金全集》第二十四卷（人民文学出版社，一九九四年）第二四三页。信中的死者，陈蕴珍，即萧珊。萧珊一九一八年出生于浙江鄞县（今宁波鄞州区），一九三六年因喜爱巴金小说而开始与巴金通信，从而相识。一九四四年与巴金在贵阳结婚。五十年代萧珊翻译出版了屠格涅夫的《阿西娅》《初恋》，普希金的《别尔金小说集》等作品。一九七二年八月十三日因患癌症去世。

巴金从一九七〇年春节后在上海奉贤县五七干校劳动改造，萧珊病重时请假回家照料不被批准，直到萧珊住进中山医院，才得到“工宣队”头头允许，在妻子生命最后的将近二十天里看护陪伴。期间种种不堪，巴金在《怀念萧珊》里有痛切的叙述。

一九七二年二月，穆旦结束了在天津郊区大苏庄五七干校的劳改，回到南开大学图书馆继续接受监督劳动，每天比别人早上班半小时，“自愿”打扫厕所。

一九七一年底，穆旦和萧珊恢复了中断多年的联系。一九七二年七月十二日，萧珊已经是重病，还给穆旦写信，感慨万千：“我们真是分别得太久了。是啊，我的儿子已经有二十一岁了。少壮能几时！生老病死就是自然界的现象，对你我也不例外，所以你也不必抱怨时间。但是十七年真是一个大数字，我拿起笔，不知写些什么……”（陈伯良《穆旦传》，一一二页，浙江人民出版社，二〇〇四年）

二、“由于有人们的青春，便觉得充满生命和快乐”

一九三九年，萧珊考入已经迁至昆明的中山大学外文系，随后转入西南联大，先在外文系就读大约一年时间，后又改入历史系。这个时期的穆旦，已经是显示出卓越才华的联大学生诗人。一九四〇年，穆旦毕业后留在外文系做助教，一九四二年二月参加中国远征军，赴缅甸抗击日军。萧珊也在这一年暑假之后辍学离开昆明，到桂林文化生活出版社办事处协助巴金工作。

西南联大时期穆旦与萧珊初识和交往，此后的抗战岁月里各自颠沛流离，偶有短暂的聚会。因为萧珊，穆旦结识了巴金。一九四八年二月，穆旦的诗集《旗》，列入巴金主编的“文学丛刊”第九集，由上海文化生活出版社出版。

一九四八年三月，穆旦的女友周与良从上海起程赴芝加哥大学攻读生物学博士学位，穆旦送行。逗留上海的一段时间，霞飞坊（后来的淮海坊）五十九号，巴金和萧珊的家，成了穆旦度过许多愉快时光的地方。多年之后，一九七三年十月，穆旦给萧珊的朋友杨苡写信，回忆起当时的情景：

> 回想起在上海李家的生活，我在一九四八年有一季是座中常客，那时是多么热闹呵。靳以和蕴珍经常是互相逗笑，那时屋中很不讲究，厨房是进口，又黑又烟熏，进到客室也是够旧的，可是由于有人们的青春，便觉得充满生命和快乐。汪曾祺、黄裳、王道乾都到那里去。每天下午好像成了一个沙龙。我还记得巷口卖馄饨，卖到夜晚十二点；下午还有卖油炸臭豆腐，我就曾买上楼，大家一吃。那时的情景还历历在目，可是人呢？想起来不禁惆怅。现在如

果黄裳再写出这样一篇文章来，那就更觉亲切了。”（《穆旦诗文集》第二卷，一四一页，人民文学出版社，二〇〇六年）

多年以后，黄裳悼念巴金，写出同样亲切的回忆：“女主人萧珊好客，五十九号简直成了一处沙龙。文艺界的朋友络绎不断，在他家可以遇到五湖四海不同流派、不同地域的作家，作为小字辈，我认识了不少前辈作家。所谓‘小字辈’，是指萧珊西南联大的一群同学，如穆旦、汪曾祺、刘北汜等。巴金工作忙，总躲在三楼卧室里译作，只在饭时才由萧珊叫他下来。我们当面都称他为‘李先生’或‘巴先生’，背后则叫他‘老巴’。‘小字辈’们有时请萧珊出去看电影，坐 DD’S，靳以就说我们是萧珊的卫星。”（黄裳《伤逝——怀念巴金老人》，《珠还记幸》（修订本）四一二页，生活·读书·新知三联书店，二〇〇六年）

三、穆旦的翻译与平明出版社和萧珊：“我们有一种共感，心的互通”

穆旦与萧珊的交往，最重要的时期是二十世纪五十年代。

一九五三年初，穆旦、周与良夫妇从美国学成归来，途经上海，巴金、萧珊在国际饭店宴请他们。巴金自一九四九年九月辞去文化生活出版社的社务后，又于十二月主持了一个小型的出版社，即平明出版社，以出版世界文学的翻译作品为主，尤其是俄罗斯和苏联文学。巴金自己翻译的屠格涅夫、高尔基等人的作品，很快就由平明社出版了多种。

穆旦在芝加哥大学期间苦读俄语和俄罗斯文学，正准备翻译俄罗斯及苏联文学，与平明出版社的倾向不谋而合，自然受到了巴金、萧珊的热情鼓励。

穆旦翻译的黄金时代，迅速来临了。

一九五三年十二月,《文学概论》《怎样分析文学作品》出版；随后又在一九五四年二月出版了《文学发展过程》，一九五五年六月出版了《文学原理》。这四种文艺理论著作是苏联季摩菲耶夫所著《文学原理》的四部。

一九五四年四月，普希金的《波尔塔瓦》《青铜骑士》《高加索的俘虏》出版；十月，《欧根·奥涅金》出版；十二月，《普希金抒情诗集》出版；一九五五年十一月，《加甫利颂》出版。诗人穆旦销声匿迹了，隐形之后化身为诗歌翻译家查良铮；诗歌翻译家查良铮，最初出现的时候，带来的是流传广泛的普希金诗歌。

以上这些文艺理论著作和普希金作品，都是由平明出版社出版的。一九五五年十一月平明出版社还出版了穆旦翻译的《拜伦抒情诗选》，署名梁真。后来私营归并公营，成立上海新文艺出版社，又由上海新文艺出版社一九五七年出版了穆旦翻译的《波尔塔瓦》《欧根·奥涅金》《普希金抒情诗集》《普希金抒情诗二集》《拜伦抒情诗选》，一九五八年出版了《高加索的俘虏》《加甫利颂》以及《别林斯基论文学》。

那么，在穆旦的翻译活动和翻译作品的出版过程中，萧珊起到了什么作用？

首先要看看萧珊为平明这个小型的出版社所做的工作。事实上，萧珊是平明的义务编辑；而从萧珊和巴金这一时期的通信里，我们可以看到具体的情形。譬如一九五三年九月八日的这一封（《家书——巴金萧珊书信集》，一三三页，浙江文艺出版社，一九九四年），这个时候巴金第二次入朝鲜访问，萧珊告诉他：

> 我已开始为“平明”拉稿，王佐良有信来，他有意搞一点古典作品，我叫他先译狄更司的 *Martin Chuzzlewit*（《马丁·瞿述伟》），姜桂侬也愿意为平明搞一点古典作品，杨周翰、王还夫妇有意 *Swift*（斯威夫特），我就叫他们搞 *Gulliver's Travels*（《格利佛游记》），*Tale of a Tub*（《木桶的故事》）两书，你看如何？只是他们都很忙，都得明年交书了。他们说平明可以出“题目”，来些整套什么，但出题目主要得有人，光出题目，没有人来完成也是徒然，所以我还是让他们自己出题目。你的意思如何？我把平明的出版方针给他们谈过一下。我也叫王佐良拉稿了。
>
> ……
>
> 关于“平明”，你有什么计划，也请告诉我。

萧珊向西南联大出身的王佐良、杨周翰等拉稿，再自然不过了；而王佐良、杨周翰又都是穆旦西南联大外文系的同学。对穆旦，萧珊就不仅仅是“拉稿”这样的关系了。

为了给穆旦翻译的作品配图，萧珊写信问巴金：“我们普希金的好本子有没有？查良铮已译好一部，但没有插图。你能告诉我，我们的放在哪个书架吗？”（《家书》，一三七页）

远在朝鲜的巴金仔细地回复说：“普希金集插图本放在留声机改装的书柜内，盖子底下。”（《家书》，第一四三页）为了保证翻译质量，萧珊还特意请卞之琳看稿，“我请他把查译的《波尔塔瓦》看了一遍，他觉得比得过一般译诗，那末就够了，我想再寄回去给查改一下”（《家书》，一四〇页）。

现在仅存两封穆旦致萧珊信，其中有翻译的讨论。穆旦信里说：

> 译诗，我或许把握多一点，但能否合乎理想，很难说。我的意思是：自己译完后，再重改抄一遍，然后拿给你先看，不行再交给我改。我对于诗的翻译，有些“偏执”，不愿编辑先生们加以修改。自然，我自己先得郑重其事：这一点我也已意会到。如果我不在这方面“显出本事”，那就完了。你说对我要“苛求”，正可以加重我原有的感觉。我在上信中已和你讨论译什么的问题。我有意把未来一本诗（十月底可以交稿，因为已有一部分早译好的）叫做《波尔塔瓦及其他》，包括《波尔塔瓦》、《青铜骑士》，和其他一两首后期作品，第二本叫做《高加索的囚徒》（也包含别的一些同时期的长诗在内），如果这样，便不先译《高加索的囚徒》这一首。你看怎样？如果名叫《普希金长诗集》分一、二两册，甚至三册四册（这名字单调些），那似乎要分年代顺序才合适，目前则不易办到。

这是一九五三的一封信（《穆旦诗文集》第二卷，一三〇页），穆旦着手翻译普希金之初，从工作方式到翻译计划，都在与萧珊商量。

但更重要的，是两个老朋友的“共感，心的互通”。这既在译书和出版这样的事业之内，又在这之外，也可以说超乎其上。对于那个时期的穆旦来说，这种“共感，心的互通”的重要性，无论怎么估计都是不过分的。上引那封信的开头，穆旦这样写：

> 使我感动的是，你居然发牢骚说我的信太冷淡平淡了。可见我们很不错。你应该责备我。我为什么这么无味呢？我自己也在问自己。可是，我的好朋友，你知道不知道，现在唯一和我通信的人，在这世界上，只有你一个人。这样，你还觉得我太差吗？我觉得我们有一种共感，心的互通。有些过去的朋友，好像在这条线上切断了。我们虽然表面上这条线也在若有若无，但是你别在意，在心里我却是觉到互通的。尤其是在我感到外界整个很寂寞的时候，但也许是因为我太受到寂寞，于是连对“朋友”，也竟仿佛那么枯索无味。也许是年纪大了，你的上一封信我看了自然心中有些感觉，但不说出也竟然可以，这自然不像年青人。你这么伤心一下，我觉得——请原谅我这么说——很高兴，因为这证明一些东西。现在我也让你知道，你是我心中最好的朋友。（同上，一二九至一三〇页）

这样的老朋友，自然可以无话不谈。一九五四年的一封信里，穆旦就情绪十分低落地发牢骚道：

我这几天气闷是由于同学乱提意见，开会又要检讨个人主义，一礼拜要开三四个下午的会。每到学期之末，反倒是特别难受的时候。过得很没有意思，心在想：人生如此，快快结束算了。（同上，一三二页）

同信谈到平明出版社的前途，以及连在一起的自己的译书的前景，心情更是黯然：

你提到平明要归并到公营里去，也很出我的意外，因为我想也许可以经过公私合营的阶段，这自然不是一件很愉快的事，对你，对我。至少由于你的力量，我得到了不少的帮助和便利，一变为公营，这些就要全没有了，令人惋惜。对于巴先生和你来说，多少可以作为自己事业的依据是不是？但这既然是大势所趋，也只好任由它去了。……

关于《奥涅金》，有你和巴先生在为力，我心中又感谢，又不安。还是让事情自己走它的吧，如果非人力所可挽救，我是不会有什么抱怨的。希望你也抱着这种态度：不必希望太高，免得失望太多。（同上，一三二页）

下面的事，可能是穆旦不知道的。

一九五五年春天，杨苡从南京到上海来，靳以特意约她到家里谈话，除了说到胡风分子，又提到杨苡和萧珊共同的朋友和同学，谆谆嘱咐杨苡并让杨苡转告萧珊，以后注意点儿。杨苡和萧珊彻夜长谈，却引起争辩，“特别是为了一个我们共同的好友，一个绝顶聪明、勤奋用功的才从美国回来诚心诚意想为祖国做点贡献的诗人”，杨苡劝萧珊不要忙着为他出书，萧珊拒绝了。天快亮时两个人不欢而散。这还没完，送走杨苡后，萧珊立即去找靳以，指责他的多虑。（杨苡《淮海路淮海坊五十九号》，《文汇读书周报》二〇〇二年三月一日）

萧珊要不要为穆旦出书的问题，不久也就不再是问题。首先是平明没有了，自一九五六年起，穆旦译著就分散到其他出版社，他信里提到的萧珊“和巴先生在为力”的《欧根·奥涅金》，重新翻译的，一九五六年由上海文化生活出版社出版；与袁可嘉等人合译的《布莱克诗选》，一九五七年由人民文学出版社出版；一九五八年，他翻译的《济慈诗选》、雪莱诗集《云雀》、《雪莱抒情诗选》由人民文学出版社出版。再接下来，不论是哪里都不可能出穆旦的译著了：一九五八年十二月，穆旦成为南开大学“反右”运动放出的“一颗卫星”，法院到校宣布查良铮是“历史反革命”，到学校图书馆实施监督劳动。

四、“终于使自己变成一个谜”

一九七二年十一月二十七日，穆旦致信杨苡：

> 去年年底，我曾向陈蕴珍写去第一封信，不料通信半年，以她的去世而告终……蕴珍是我们的朋友，她是一个心地很好的人，她的去世给我留下不可弥补的损失。我想这种损失，对你说说，你是可以理解的。究竟每个人的终生好友是不多的，死一个，便少一个，终于使自己变成一个谜，

> 没有人能了解你。我感到少了这样一个友人，便是死了自己一部分（拜伦语）；而且也少了许多生之乐趣，因为人活着总有许多新鲜感觉愿意向知己谈一谈，没有这种可谈之人，即生趣自然也减色。（《穆旦诗文集》第二卷，第一三九页）

一九五四年萧珊买过一部《拜伦全集》，她曾经在给巴金的信里还专门提过这本书，版本很好，有 T.Moor 等人的注解。她后来把这本书送给了穆旦。六十年代初，穆旦在极端恶劣的条件下开始偷偷翻译拜伦的《唐璜》，到一九六五年译完这部巨著。“文化大革命”被抄家，这部译稿万幸没有被发现，没有被扔进火里。萧珊去世，穆旦为纪念亡友，埋头补译丢失的《唐璜》章节和注释，修改旧译。到一九七三年，《唐璜》全部整理、修改、注释完成，寄往人民文学出版社。一九八〇年，译者去世三年之后，这部译著终于出版。

穆旦去世的前一年，一九七六年六月，写了一首题为《友谊》的诗。他告诉同学和诗友杜运燮，诗的第二部分，“着重想到陈蕴珍”：

> 你永远关闭了，不管多珍贵的记忆
> 曾经留在你栩栩生动的册页中，
> 也不管生活这支笔正在写下去，
> 还有多少思想和感情突然被冰冻；

永远关闭了，我再也无法跨进一步
到这冰冷的石门后漫步和休憩，
去寻觅你温煦的阳光，会心的微笑，
不管我曾多年沟通这一片田园；

呵，永远关闭了，叹息也不能打开它，
我的心灵投资的银行已经关闭，
留下贫穷的我，面对严厉的岁月，
独自回顾那已丧失的财富和自己。

五、巴金先生与穆旦译稿

一九七六年夏天，唐山大地震爆发，天津也受灾严重。巴金致信穆旦，同时也给穆旦的友人杜运燮等去信，打听穆旦的情况。“我等着平安的消息。倘使方便，请写几句话来，让我放心。”(《巴金全集》第二十四卷，二四五页)

穆旦回信告诉巴金地震情况，他们在屋前搭了棚，晚间睡在棚内；又告诉巴金自己一月份骑车摔伤了右腿的股骨颈以至骨折，需用拐杖支撑才能走路。巴金回信，关心他的伤腿和翻译：

得信以前我一直不知道您摔伤的事。前几天杜运燮来信说您告诉他，您的腿要动大手术，而且手术后还得静养半年。我倒没有想到这样严重。希望您安心治病吧。运燮同志来信还说您已经做完了旧译普希金抒情诗五〇〇首的修改工作，这倒是一件可喜的事，“四人帮”垮台之后，

普希金的诗有出版的希望了。我是这样相信的。（同上，二四六页）

十一月二十八日，穆旦回复巴金谈伤腿和翻译：

我的腿是股骨颈骨折，开始是嵌插在一起，生长好，就不必动手术，可惜我耽误了，没有按照规定养，前一个多月照 X 光，看到又裂一缝，因为这一裂纹，便不能用力，所以现在用拐支撑走路，必须进医院开刀，钉钉子进去。现在又因地震不断，医院不收，必须等地不震才行，今冬明春是天津地震期，过了这个时期，也许可以住院。如果那时还不行，我想移地治疗，也考虑去上海，那时再说了。现在不是卧床，而是在室内外和院内活动，只是变成用双拐的瘸子。

在腿折后，我因有大量空闲，把旧译普希金抒情诗加以修改整理，共弄出五百首，似较以前好一些，也去了些错，韵律更工整些，若是有希望出版，还想再修改其他长诗。经您这样一鼓励，我的劲头也增加了。因为普希金的诗我特别有感情，英国诗念了那么多，不如普希金迷人，越读越有味，虽然是明白易懂的几句话。还有普希金的传记，我也想译一本厚厚的。（《穆旦诗文集》第二卷，一三七页）

转过年，一九七七年二月二十六日，准备伤腿手术的穆旦，突发心脏病去世。

巴金从巫宁坤信里得知消息，他回信说："您告诉我良铮逝世的消息，我觉得突然，也很难过。我只想到他的腿伤，听说他打算今年春天来上海，还以为不久可以见到他。蕴珍去世的时候，他还来信安慰我。我常常想将来见到他，要向他倾吐感激之情。没有想到连这样的机会也没有。"（《巴金全集》第二十二卷，四七三页，人民文学出版社，一九九三年）

不久，巴金又致信巫宁坤，关心穆旦译稿："关于良铮译稿的事，我托人去问过北京的朋友，据说出版社可能接受，但出版期当在两三年后。我已对良铮在上海的友人讲过了。也介绍杜运燮同志去信打听过。今后我如有机会去北京，我一定到出版社去催问。目前没有别的办法。"（同上，四七四页）

在此期间巴金致信杜运燮，谈穆旦译稿事："他去年来信中讲起他这几年重译和校改了普希金、拜伦、雪莱的许多诗作，我知道他译诗是花了不少功夫的，我也希望它们能早日出版。我还相信将来这些译稿都会出版的，但是目前究竟怎样决定，我一时也打听不出来，不知道人文社管这一部分工作的人是谁，我也想找徐成时去问问。你说今年暑假打算去天津，帮助与良同志整理良铮的遗作，这是很好的事情。你说不认识出版界的人，我建议你必要时去信问问徐成时同志（他仍在新华社），他有朋友在人文社，我知道你过去和徐较熟。"（同上，四六八至四六九页）

关心穆旦译稿出版的巴金，他自己的问题"还没有彻底解决，只是有人来谈过，可以说是在动了"（同上，四六九页）。

二〇〇七年十二月三十一日

茹志鹃培养王安忆

《王安忆研究资料》（上下册，天津人民出版社，二○○九年）出版，里面收了茹志鹃一篇文章：《从王安忆说起》。文章写于二十世纪八十年代初，却没有发表过，是今年王安忆从母亲的遗稿中发现，交给我的。

文章主要谈的，是回答经常遇到的一个问题："你是怎么培养王安忆的？"母亲是作家，女儿又成了作家，人们好奇，提这样的问题，也很自然。

"于是我在不同场合、针对不同对象重重复复地说明：我有三个孩子，假如我能够培养作家的话，我就要培养三个，而事实上老大是一个教师，一个较好的语文教师；老三是个售票员，是个业余文学爱好者。可见王安忆并不是我所能培养得出来的。"

看怎么理解"培养"这个词。其实还是有培养。茹志鹃特意说到的，有这么几点。

一是教育上的。"在孩子还小的时候，我除了给他们吃饱、穿暖之外，还给了他们一些看不见、摸不着的东西。我认为这在目前盛行'实惠'价值观的时候，提一提是必要的。给孩子一些感情上的、文学上的熏陶。孩子们还小的时候，背过一些唐诗宋词，先是背，然后让她们懂一些诗里的意境。这千万别误会是让她死背书本，我曾在深夜里，听见过邻居叱责、威逼孩子做功课的声音，只听大人的怒骂，甚至动手打，却听不见孩子一点声音，连饮泣的声音都听不见。这样‘关心’孩子的功课，其效果不知怎么样。不过可以肯定的一点，是大人、孩子都十分疲劳，一看见做功课，都认为是一件苦事，一件恐怖无比的事。”

二是对写作才能的发现。王安忆刚过了十六岁的生日就去淮北插队，母亲除了每月寄十元给她吃饭之外，便是一星期写两封长信，“她也给我两封信，信里写了她的劳作，生活，环境，农村里的小姐妹，老大爷老大娘，写他们对自己的爱惜，也写他们发生的纠纷。我发现她写的这些平常的生活情景，生动，亲切，如见其人，如闻其声。使人看了就难忘。她写的有些事，我直到现在也还记得。比如她们下工回家以后，农村生活的寂寞、刻板，一旦听见井边有人吵架，于是在挑水的丢下水桶，在切菜的丢下菜刀，纷纷赶出去看，结果，人家不吵了，大家就叹了一口气，不无遗憾地又纷纷回到屋里做饭。有一年的春天，她写信来说：乡亲说燕子不来做窝，这家人一定是恶人，要倒霉的，而她住的那屋子，梁上还是空的。过了几天她来信报告说：今天早上我一睁眼，就看见梁上有燕子来做窝了。她写了一些小事，但从这些琐琐碎碎的事里，我了解到她的生活，她的思想感情，甚至她的形象，都能透过纸感觉到”。

三是不管。王安忆在北京文讲所学习时，曾把她写的《幻影》寄回来给母亲看。“我就写了长长的一封回信，详尽地提了意见。”王安忆的父亲却说，“你不要管她，让她自己去摸索，去走路。”这话给茹志鹃一个提醒：“我提这些意见为什么呢？无非是要她照自己的意见写，要把她纳入自己思路的轨道上来进行创作。

这篇如此，以后呢？篇篇如此吗？这有利吗？这对我对她不都是一件苦差，一件累极的事？想到这里，我便立即又追了一封信去，收回前信的意见，要她照自己的想法写。从这时开始，我基本不看她的初稿。弄到后来，连她已经发表、或者已经得奖的作品都来不及看了。忠实的读者倒还是她的爸爸。”

“回想起来，‘不管她，让她自己去探索，去走路。’这恐怕和王安忆在创作上较快形成自己的一种表现方式有点关系。在她的成长道路上，我如果有点作用的话，这恐怕要算一功。”

茹志鹃谈到的这几点，对应着王安忆成长的不同阶段。

二〇〇九年八月十八日

第四辑

孤桑好勇独撑风

陈独秀之狂，在中国现代文化、政治史上罕有可比肩者。青年时在杭州一段，过的是湖山之间、诗酒豪情的生活，从后来发表于一九一四年《甲寅》杂志一卷三号上的《灵隐寺前》，可以想见：“垂柳飞花村路香，酒旗风暖少年狂。桥头日系青骢马，惆怅当年萧九娘。”单独看这首诗，也许因为太明丽了，不太会觉得这样的少年轻狂算得了什么，但再读发表于一九一五年《甲寅杂志》一卷七号上的《夜雨狂歌答沈二》，无论是谁都不敢说这是“轻”狂了。时势和在这种时势下个人的强烈感受融为一体，那种雷霆万钧的气魄，凡夫俗子难望其项背。“笔底寒潮撼星斗，感君意气进君酒。”《新青年》的前身《青年杂志》就是在此诗发表后两个月创刊的。

一九一七年《新青年》二卷六号上影响巨大的《文学革命论》，陈独秀更是狂态恣肆，结尾呼喊道：“吾国文学界豪杰之士，有自负为中国之虞哥、左喇、桂特郝、卜特曼、狄铿士、王尔德者乎？有不顾迂儒之毁誉，明目张胆以与十八妖魔宣战者乎？予愿拖四十二生的大炮，为之前驱！”

一个人的狂，如果没有实际的人生内容做底子，恐怕就不大有什么好说的。陈独秀是中国现代文化的开拓者之一，是一个政党的创立者之一，这些一般说说的基本事实其间包含了多少具体的、大大小小的磨难，后来者难以完全体会。从性格、气质、作为来讲，陈独秀完全称得上现代中国的大英雄。英雄与狂，自古就结缘了，大英雄大狂，本是应有之义。

而陈独秀的一生，却是“长使英雄泪满襟”的一生。人生实难，常人也有这样的体会和感慨；英雄磨难，倍于常人者几何。读王观泉著《被绑的普罗米修斯——陈独秀传》（台湾业强出版社，一九九六年），感触尤深。王观泉的这部著作写文化英雄的一生，与其说是写其业绩，不如说是突现传主一生中不绝的困境、绝境，用西方神话故事比拟，就是如书名所示，为人间盗火的普罗米修斯被绑在高加索山上；用中国老百姓耳熟能详的说法，就是虎落平川。而大英雄，也往往在困境、绝境中最显本色，尽得风流。

我们可以排排从一九二七年到一九三二年被捕前陈独秀个人的大事：总书记的职位被取代；两个儿子，年轻的共产党干部陈延年、陈乔年相继被杀害；被开除党籍；孙子夭折……一九三二年之后到去世，主要两段生活，一是在南京的狱中，一是僻居于四川江津。而一直纠缠不去的，是来自各种政治势力强加的种种罪名。王观泉的著作揭示了陈独秀身受的各种政治力量的压力，揭示了陈独秀所处的四面楚歌的境地。尤为重要的是，王著掌握了大量的材料，条分缕析，梳理出共产国际和中国革命、特别是和陈独秀的关系，以及陈独秀和中国托派的关系。传记最后写到，普罗米修斯最终享受到了荣耀，“陈独秀则走出监狱即被套上汉奸帽子，被抛出轰轰烈烈的抗日战线之外，默默地死在周边毫无社会生气的石墙院冰凉的竹席板床上，偷‘天火’点燃革命火种的‘人类哲学日历上最高尚的圣者兼殉道者'（马克思语），终于没有走下高加索……"

这里想说的是，经受着种种不堪磨难的陈独秀，还能有年轻气盛、事业初兴时的狂傲吗？陈独秀僻居江津，老、病、穷、冤，生活靠老朋友、旧学生接济，死时院子里还剩下一堆自己种的土豆没吃完。曾有诗曰："哀乐渐平诗兴减，西来病骨日支离；小诗聊写胸中意，垂老文章气益卑。"这是陈独秀的一面，令人感慨万端；但这只是一面，陈独秀的狂，却还是狂到底的，下面一首《寒夜醉成》，很难让人相信是那样处境中的一个老人写出来的——

孤桑好勇独撑风，乱叶颠狂舞太空。
寒幸万家蚕缩茧，暖偷一室雀趋丛。
纵横谈以忘形健，衰飒心因得句雄。
自得酒兵鏖百战，醉乡老子是元戎。

几年前，我读台静农回忆陈独秀晚年在江津生活的文章，作者所见的陈独秀从容谈笑，作诗写字，艺术趣味不灭，给我很深的印象；文章更以陈独秀早年的诗句"酒旗风暖少年狂"为题，给我的印记尤其深切。人常说本性难移，这话让陈独秀说来就特别有气魄，一九三七年出狱后，他有这样两句诗——

沧溟何辽阔，龙性岂易驯。

一九九七年二月二十四日

“我要看来看去的看一下”

陈村写《我爱鲁迅》，里面有很到家的话：“我生在中国，长在这样的环境，几乎每天在重温先生写过的人物先生说过的事情，我怎么可能去反鲁迅？”陈村又说，“鲁迅当然很笨，不去专心写自己的长篇堵人家的口。他为什么对那样的社会那样的人看不下去呢，非要把自己赔进去？”

读到这里的时候，我不禁顿了一下。这是近来读到的关于鲁迅的文章中最令我心动的了。是啊，关于鲁迅，说了那么多话和那么多不是话的话，说的时候，有几个人想到是在说一个非要把自己赔进去的人呢？

鲁迅直至生命终止才不得不放弃的杂文，这种交织着他人的毁誉、褒贬，消耗着自己的精血和心神的杂文，这种与平庸、繁琐、肮脏甚至是令人愤怒、厌恶、绝望的现实血肉粘连的杂文，写作它的最根本的内在动因，包含在这一信息之中——这一切都是出于一个主体对于现实世界的自由责任。对于现实的自由责任，是构成这个主体的核心因素，处在主体的内部，对于主体来说，它不是来自外部的动力。这也是“非要”的意思。

鲁迅逝世前不久，写了一篇感人至深的文章，《“这也是生活”……》，其中说到他大病转机后的一天夜里，他醒来了，喊醒了许广平——

“给我喝一点水。并且去开开电灯，给我看来看去的看一下。”

“为什么？……”她的声音有些惊慌，大约是以为我在讲昏话。

“因为我要过活。你懂吗？这也是生活呀。我要看来看去的看一下。”

“哦……”她走起来，给我喝了几口茶，徘徊了一下，又轻轻的躺下了，不去开电灯。

我知道她没有懂得我的话。

自觉地在现实中负有自由责任的鲁迅，平时多显露的是抗争与搏杀，恼怒与愤恨，可是在垂危之际，他却以柔弱无助的方式对生命的自由责任作出了发自灵魂最深处的、已经化为本能的阐释。这个濒死的生命深切表达着这样的经验：屋子里熟悉的一切，“外面的进行着的夜，无穷的远方，无数的人们，都和我有关。我存在着，我在生活，我将生活下去，我开始觉得自己更切实了，我有动作的欲望——但不久我又坠入了睡眠。”

“看来看去的看一下”的意识和行为，长久地体现在鲁迅的杂文写作中，并源源不断地支持着这种写作。不少论者惋惜鲁迅没有把精力集中于文学创作，却以杂文写作的方式与现实的具体人事纠缠不休。我以为，此类说法对这样一个对现实负有自由责任的主体没有充分的认识。这样一个主体是怎样写下那一篇接一篇的杂文的呢？

一想到这个问题，我就会不由自主地想起卡夫卡日记的一段话，我个人认为，鲁迅就是在卡夫卡所描述的情境里写下他似乎是无穷的杂文的：他用一只手挡住笼罩命运的绝望，用另一只手草草记下在废墟中看见的一切；他以一种与众不同的方式看，而且看到的更多。鲁迅的杂文，就是他用另一只手草草记下的他在中国颓败的现实中所看见的一切。

暗途、河流、墓碣

二十年前，我读到许地山的短文《暗途》，从此不忘。暗夜行路，点一盏灯，是常理；《暗途》里的吾威却偏偏不要。“满山都没有光，若是我提着灯走，也不过是照得三两步远；且要累得满山的昆虫都不安。若凑巧遇见长蛇也冲着火光走来，可又怎办呢？再说，这一点的光可以把那照不着的地方越显得危险，越能使我害怕。在半途中，灯一熄灭，那就更不好办了。不如我空着手走，初时虽觉得有些妨碍，不多一会，什么都可以在幽暗中辨别一点。”

人生的暗途，得靠自己去适应。凭什么人生就该全是光明大道呢？心态放平，慢慢去适应，适应了就能够从幽暗中辨别出路来。别把指望放在外面的东西上，像一盏灯，照不多亮，帮不了大忙；再说也靠不住，万一熄灭了，岂不更糟？把希望放在自己身上、自己心里，凭着单纯的信念、实际的行动、适应和对付幽暗的能力，庶几就可以安然到家了。

十五年前，我读到沈从文从家乡的一条河上写给妻子的信，信中那一段“水悟”，让我想了又想，至今也常常会把念头转到这上面来。为什么“真的历史却是一条河”？用文字书写的历史，关注的是诸如战争、暴力、王朝更迭之类的东西，而无视千百年来这些历史之外的人的哀乐、努力和命运；但是这条河，却蕴藏了普通人令人感动、令人产生智慧和爱的丰富历史信息。

河里的石头和砂子，河上的船和船夫，岸边的码头、河街和居民，他们代表了远比相斫相杀的历史更为久远恒常同时又现实逼真的生存和价值。为什么历史是一条河？为什么那些自然景物，那些自然化的普通人生活的日常景象，会让沈从文“感到生存或生命”？为什么普通人的哭、笑、吃、喝，是“庄严忠实的生”？为什么在他们的生活命运里能感受到“四时交递的严重”？为什么“我爱了世界，爱了人类”就“软弱得很”？

十年前，我读到冯至的《山村的墓碣》。也是普通人的生与死，刻在石碑上，在德国和瑞士交界一带的山谷和树林里。“我生于波登湖畔，/我死于肚子痛。”“我是一个乡村教员，/鞭打了一辈子学童。”想生死问题，想得“最严重时”，冯至说，很想再翻开记录了山村墓碣的小册子。他自己看见过一块碑石，上面刻着：

“一个过路人，/不知为什么，/走到这里就死了。一切过路人，/从这里经过，请给他作个祈祷。”

这四行碑铭，让同是过路人的冯至异常感动，“觉得这个死者好像是自己的亲属，说得重一些，竟像是所有行路人生命里的一部分”。我想起冯至《十四行集》的第十六首，讲“关连”和“呼应”：我们经历的一切，都化成了我们的生命；我们也随着风吹水流，化成蹊径上行人的生命。

二十年前我十九岁，现在，我敢说自己快要“不惑”了？上面的三篇，分别写于一九二二、一九三四、一九四三年。今天重读，仍然觉得他们就像是在今天，对今天说话。

二〇〇六年六月六日

启发悲哀和苦感

许地山和周俟松认识后不久，两人互生爱慕，虽然后来他们终成眷属，可是初始的一段时间里他们的事遭到周俟松父亲的反对。周俟松的父亲说，许地山的面相和北师大校长范源濂有相似之处，范不幸短命，看来许地山也不寿。这真令人涌起一语成谶的哀感。许地山一九四一年在香港去世时尚不足四十九岁。

许地山的死，使他的学术研究过早中断，无法呈现出一个完整的面目，留给后人的是千古文章未尽才的感叹；特别遗憾的是，他生前将所著《道藏子目通检》送交香港商务印书馆付印，商务印书馆却在战争期间将三万张稿卡散失无遗。对于他刊布于世的研究所得，陈寅恪在《论许地山先生宗教史之学》一文中说道："寅恪昔年略治佛道二家之学，然于道教仅取以供史事之补正，于佛教亦止比较原文与诸译本字句之异同，至其微言大义之所在，则未能言之也。后读许地山先生所著佛道二教史论文，关于教义本体俱有精深之评述，心服之余，弥用自愧，遂捐弃故技，不敢复谈此事矣。"而陈寅恪悼许地山的挽联，述及的则是许地山后期的生活情景和他们乱离中的交谊："人事极烦劳，高斋延客，萧寺属文，心力暗殚浑未觉；乱离相倚托，娇女寄庑，病妻求药，年时回忆倍伤神。"

与学术研究给人的强烈的中断之感不同，许地山的创作相对完整。虽然谁也无法假设如果许地山还活下去会怎么样，可是他兴趣和精力投入的转向在二十年代中后期已经显露出来。从一九二一年他在革新后的《小说月报》第一期上发表第一篇小说《命命鸟》，到一九二五年，小说集《缀网劳蛛》出版，同年散文集《空山灵雨》出版，这一段时间是许地山创作最旺盛的时期。三十年代许地山创作数量明显减少，后来的著名的作品有《春桃》和逝世那年发表的《铁鱼底鳃》等。

许地山创作上的最可注意处，概而言之，就是“启发读者”的“悲哀和苦感，使他们有所慰藉，有所趋避”。这样一种自觉的意识首先是认识上的，获得这种认识即是开始从人生的盲目和昏聩中走出；而认识的结果是哀苦，同时又是对哀苦的平静接受，“在不可抵挡的命运中求适应”。(《序〈野鸽的话〉》)

表面上，许地山作品的光色十分耀眼，三十年代沈从文曾描述过这样的印象：“在中国，以异教特殊民族生活作为创作基本，以佛经中邃智明辨笔墨显示散文的美与光，色香中不缺少诗，落花生为最本质的使散文发展到一个和谐的境界的作者之一。这调和，所指的是把基督教的爱欲、佛经的明慧、近代文明与古旧情绪，揉合在一处，毫不牵强地融成一片。作者的风格是由此显示特异而存在的。”光、色的异域性带来特殊的审美效果，可是这一点不能强调得过分，沈从文又说，“他用的是中国的乐器，是我们最相熟的乐器，奏出了异国的调子，就是那调子，那声音，那永远是东方的、静的、微带厌世倾向的、柔软忧郁的调子，使我们读到它时不知不觉发生悲哀了”(《论落花生》)。这种感受，恰合了作家的意愿。

许地山年轻的时候，曾有言曰："自入世以来，屡遭变难，四方流离，未尝宽怀就枕。"（《空山灵雨·弁言》）写出此话后至死还有二十年，可是生命的基本情形一直没有多大改变，这个早年自述大致涵盖一生。

一九九六年十二月十二日

莫须有先生言行录

冯文炳先生，他给自己起了个名字叫废名，后来就以废名名世；废名给他小说的主人公起名叫莫须有，莫须有与废名，差不多异曲同工。《莫须有先生传》和《莫须有先生坐飞机以后》，处处可见废名的影子，或者应该反过来说，废名是形，莫须有是影，形与影相随竞走，殊堪玩味。

莫须有先生下乡隐居，出城门看到一个人赶了一群猪，走到铁道口又目睹火车运了士兵去打仗，不觉掉了一颗大眼泪。乡间听妇女讲闲话，看见其中一个吃酸枣，便在一旁赞美这实在很是一位贤者，“一颗酸果嚼着善眼甚是天真，唉，人世色声香味触每每就是一个灵魂，表现到好处就不可思议。”

他的感受甚多，看似杂乱，但根由，也可以说是可怜人类，又敬重人类；可怜自己，又敬重自己。我们看到他的样子，差不多也就是，“高高的站在人生之塔上，微笑堕泪”。

莫须有先生一次赶路，独立江岸等船，望着过江人来来往往，不知怎地觉得很是寂寞，又觉得一个个男女渡客都于己有情。他要坐的轮船依然没有消息，江上有最后的一只过江船兜生意，但一个搭客也没有，莫须有先生不禁替舟子着急，寂寞得哭了。然后他就做了这只船的搭客——也就是说，他又回去了。

他回到江那边，又住了昨天晚上住过的客店。没料到在这里遇见了初恋，也即一直不能忘情的鱼大姐。于是青灯语夜阑，第二天又各奔前程。再见又是几年过后，不期然回头，见鱼大姐与夫君比肩而立，携手而行，野花芳草，步步踏实；莫须有先生呢，他乡遇故知，连声问好，年少道貌，两袖生风，飞起沙鸥一片，落红成阵。

乡下一位大嫂问莫须有先生，有没有本领给一个还未见面的女子写一封信，使得她过一个不是日子，茶不思饭不想的。

“大嫂，我且问你，在我没有见她以前，依然是世界，世界就不可思议，说空无是处，有亦无是处，并不比人生之墓还可以凭一丘之草去想象，这个境界，于此于何有？于彼于何有？我何从而动尺素之怀呢？然而人生如萍水，天地并不幻：彼此一朝相见，在昔日之我我不敢说，或者有那样的本领也是有的，诚如尊言，过一个不是日子，如今我则甚是懂得爱情，兹事诚不易，尤其是在我这个可以拿生命而孤注一掷的性格，唉，斯亦可悲矣，在人生这个可笑而可敬之幕上，不可只想着表现自己，一定要躲在幕后亦殊自觉可耻，这样你锻炼你自己，或可在这个虚无何有之乡建筑得一座天国，但这个造谒恐怕不是汝辈妇人孺子所能企及，须得是一个大丈夫，大凡什么天堂，并不是自画一块乐地，若作如是想，那不过是市场上的鼠窃狗偷，心牢日拙，不足观也矣，他须得是面着地狱而无畏者，所谓我不入地狱谁入地狱，自然也最是深思远虑，凡事都踌躇着说话，难以称意，总之始终还是他的天资高人一等。”

莫须有先生的话是被记到传记里来了，但没有人懂得。他自己大概也知道没人要去懂他那一套，所以感慨：“唉，人的一生完全是一个不应该被招待之客，入门各自媚，谁肯相为言，黄鹄游四海，中路将安归。”然后就嗤的一声笑了。

二〇〇四年三月六日

“你们是滚在无边的空间中，我也一样”

一

好几年前，来自韩国的女生李喜卿在复旦大学读中国现代文学研究生，论文是研究巴金的《随想录》。很多地方不懂，她的导师就一篇一篇地讲解。我跟她聊天的时候，问她，为什么要选巴金做论文呢？因为对于她来说，这实在是困难的。

她回答说：“巴金是我的文学初恋。”

这句话让我一惊，却也一下子就明白了，她是从哪里出发，走到对一个作家晚年思想的理解和探索的道路上来的，也明白了她为什么要做一个很难的题目。

《随想录》平白如话，可是不容易懂，不仅对外国人如此，对中国人也同样如此。因为它浅显的文字下面蕴藏着丰富复杂的信息。这些信息，不仅仅是巴金对自我喝了“迷魂汤”的严厉谴责和忏悔，对“文化大革命”这样的民族大悲剧的深刻反省；还有另外一个层次。

今年春天的一个周日，我事先没打招呼就敲开了陈思和老师的家门，进来一看，才知道打搅了一个课堂。围坐了一圈的研究生正在讨论《随想录》，我也坐下来听。陈老师说，《随想录》包含着《随想录》写作的时代的信息，而这个方面的信息，被忽略了。

我想这是一个重要的提醒：《随想录》不仅仅是关于过去时代的信息，而且就包含了与巴金写作《随想录》同时进行着的时代和社会复杂变化的信息，以及在这个过程中巴金本人的心灵信息。一百五十篇随想录，第一篇《谈〈望乡〉》写于一九七八年十二月，最后一篇《怀念胡风》写于一九八六年八月，“文化大革命”后的这些年份，中国社会的变化、个人心灵的变化，那是多么丰富、曲折和艰难。

二

六十多年前，在一篇非常短的散文《星》里，巴金写道：

> 在一本比利时短篇小说集里，我无意间见到这样的句子：
>
> “星星，美丽的星星，你们是滚在无边的空间中，我也一样，我了解你们……是，我了解你们……我是一个人……一个能感觉的人……一个痛苦的人……星星，美丽的星星……”
>
> 我明白这个比利时某车站小雇员的哀诉的心情。好些人都这样地对蓝空的星群讲过话。

最后，巴金说：“在我的天空里星星是不会坠落的。想到这，我的眼睛也湿了。”

一九九九年七月二十八日，经国际小天体命名委员会批准，1997WA22小行星（国际永久编号8315）被命名为巴金星。“你们是滚在无边的空间中，我也一样，我了解你们……我是一个人……一个能感觉的人……一个痛苦的人……”

三

一九八八年五月十日，巴金的老朋友沈从文去世，巴金让赴京的女儿李小林前去吊唁。一连几天，巴金翻看北京和上海的报纸，想知道老友最后的情况，可是他却找不到这个名字。后来才看到短到不能再短的报道。熟人跟巴金说，领导不表态，不知道用什么规格发表消息。巴金对这样的“规格学”表示了强烈的愤怒。

巴金把他的愤怒写进了《怀念从文》。接着他又写道：“这个时候小林回来了，她告诉我她从未参加过这样感动人的告别仪式，她说没有达官贵人，告别的只是些亲朋好友，厅子里播放死者生前喜爱的乐曲。……没有哭泣，没有呼唤，也没有噪音惊醒他，人们就这样平静地跟他告别，他就这样坦然地远去。小林说不出这是一种什么规格的告别仪式，她只感觉到庄严和真诚。我说正是这样，他走得没有牵挂、没有遗憾，从容地消失在鲜花和绿树丛中。”

《怀念从文》写到结束的地方，巴金又陷入到严厉的自遣之中。他是那么清醒——

> 我还记得兆和说过：“火化前他像熟睡一般，非常平静，看样子他明白自己一生在大风大浪中已尽了自己应尽的责任，清清白白，无愧于心。”他的确是这样。

我多么羡慕他！可是我却不能走得像他那样平静、那样从容，因为我并未尽了自己的责任，还欠下一身债，我不可能不惊动任何人静悄悄离开人世。那么就让我的心长久燃烧，一直到还清我的欠债。

经过了漫长的精神的煎熬、衰老的侵蚀、病痛的折磨，巴金，五四新文化的产儿，一个痛苦的老人，终于能够安息了。

二〇〇五年十月十八日，巴金逝世次日

刘西渭的孤独

李健吾手出多面，戏剧、翻译、外国文学研究、文学批评，都有不俗成就。不仅多面，而且快，下笔如纵马，飞扬驰骋。我猜测，李健吾的多面和快，也许是不自觉地掩盖内心的寂寞和孤独吧。至少表面上热闹了。

他以刘西渭的名字写文学评论，一九三六年集成《咀华集》，一九四二年集成《咀华二集》，最近复旦大学出版社把两本小册子合订重印，借着“新书”出版这个机会再读一遍，愈发觉得他批评的孤独。

他写评论，总是“不得不在正文以前唱两句加官”，说的是批评是怎么回事。为什么“不得不”呢？如果大家都知道、都理解批评是怎么回事，他也就不必要说了。但是他这么苦口婆心地解释，是不是大家就知道了、就理解了呢？他的几句加官是不是白唱了呢？

他说批评，“它有它的尊严。犹如任何种艺术具有尊严；正因为批评不是别的，也只是一种独立的艺术，有它自己的宇宙，有它自己深厚的人性做根据”。批评并非是寄生于作品的，哪怕被批评的作品是杰作，“最后决定一切的，却不是某部杰作或者某种利益，而是他自己的存在，一种完整无缺的精神作用”，“如若他不能代表一般的见解，至少他可以征象他一己的存在”。

他评论巴金的作品，引出巴金的“自白”，两位朋友之间展开辩驳，他说："我无从用我的理解钳封巴金先生的'自白'，巴金先生的'自白'同样不足以强我影从。"他阐释另一位朋友卞之琳的诗，卞之琳以为不妥甚至"全错"，可是他说："我的解释如若不和诗人的解释吻合，我的经验就算白了吗？诗人的解释可以撵掉我的或者任何其他的解释吗？不！一千个不！幸福的人是我，因为我有双重的经验，而经验的交错，做成我生活的深厚。诗人挡不住读者。"

他是强辩么？他有自己的根据，也即批评的根据。"批评之所以成为一种独立的艺术，不在自己具有术语水准一类的零碎，而在具有一个富丽的人性的存在。""他有自己做人生现象解释的根据"，"即使错误，也有自己整个的存在作为根据，他不是无根的断萍，随风逐水而流"。

这样的批评的骄傲，要人理解，不是一件容易的事；另一面，刘西渭批评的谦逊，也同样不容易理解。他不相信批评是一种判断，而强调科学、公正、综合的分析；他用自我的存在来做解释的根据，同时却清醒地意识着，"自我不是最可靠的尺度"；他说批评应当有理论，合学问与人生而得来的理论，但是理论只是佐证，而不是标准；"一个批评家应当从中衡的人性追求高深，却不应当凭空架高，把一个不相干的同类硬扯上去。普通却是，最坏而且相反的例子，把一个作者由较高的地方揪下来，揪到批评者自己的淤泥坑里"。

法朗士有言，"批评是明敏和好奇的才智之士使用的一种小说，而所有的小说，往正确看，是一部自传。好批评家是这样一个人：叙述他的灵魂在杰作里面的探险"。刘西渭的文学批评，也可以说是他的艺术创作，卞之琳说，其特色就在于“往往产生近于戏剧性的效果，时令人惊见”(《追忆李健吾的“快马”》)；唐湜谈起他对《边城》的评论，说：“不仅小说家沈从文写活了他的人物，他的湘西故乡，而且，批评家刘西渭也写活了他的人物，他的小说家沈从文。”（《含英咀华》）

对于《边城》的评论，沈从文大多不以为意，却独许刘西渭在这部作品里面的“灵魂的冒险”。刘西渭说沈从文的小说“具有一种特殊的空气，现今中国任何作家所缺乏的一种舒适的呼吸”。又说，如果有人问他是欢喜《边城》还是欢喜《八骏图》，“我会脱口而出，同时把‘欢喜’改做‘爱’：我爱《边城》！”多少年以来我们的文学批评，会谈论“空气”和“呼吸”么？你看看今天的评论短章或长文，你能看出文章作者是喜欢还是不喜欢他谈到的那些作品么？更不要说爱不爱了。

我其实是知道一些理论家和批评家的不以为然的：这算什么？印象派，感受，直觉，鉴赏，如此而已。而且我知道当他们用这些词的时候，是在一种比起他们的理论、学问和批评来要低一等的意义上用的。他们中有人会很公允地说，很有文采啊，文章很漂亮啊，可是仔细看去，里面是没有东西的啊。

就算你们说得对。那请用你们的理论和学问解释一下这段话，出自“印象派”批评家刘西渭的《边城》“鉴赏”，因为他自己只能说到这个程度而已，再深一点，就靠你们了：“作者的人物虽说全部良善，本身却含有悲剧的成分。唯其良善，我们才更易于感到悲哀的分量。这种悲哀，不仅仅由于情节的演进，而是自来带在人物的气质里的。自然越是平静，‘自然人’

越显得悲哀：一个更大的命运影罩住他们的生存。这几乎是自然一个永久的原则：悲哀。”

二〇〇五年六月七日

读《林徽因文集》

这几年关于林徽因的文字，专门谈的，和谈别的人与事牵连涉及的，实在不能算太少。这些文字所建立起来的林徽因的形象，互相之间不免冲突，有时让人觉得可感可及，有时又遥远模糊，而某些不经的言传，又很难让人放心地接受。这个时候百花文艺出版社出版《林徽因文集》，为了解和研究林徽因提供了最基本的根据。文集分文学、建筑两卷，是目前汇集林徽因各类文字最全的版本。一个实实在在的形象，应该立在她自己的实实在在的文字之上。

林徽因是一个什么样的人呢？看看她本人的说法吧。文集收有四十余封信，从这些私信中可见她从留学时期到晚年的种种真切情形。一九三六年，沈从文为自己“横溢的情感”上的苦恼写信给林徽因求助，林徽因回信把自己的想法说给沈从文“参考”，她承认自己“也常常被同种的纠纷弄得左也不是右也不是”,“不过我同你有大不同处：凡是在横溢奔放的情感中时，我便觉到抓住一种生活的意义，即使这横溢奔放的情感所发生的行为上纠纷是快乐与苦辣对渗的性质，我也不难过不在乎。我认定了生活本身原质是矛盾的，我只要生活；体验到极端的愉快，灵质的，透明的，美丽的近于神话理想的快活，以下我情愿也随着赔偿这天赐的幸福，坑在悲痛，纠纷失望，无望，寂寞中捱过若干时候好像等自己的血来在创伤上结痂一样！一切我都在无声中忍受默默的等天来布置我，没有一句话说！”

林徽因像沈从文一样，是个特别善于在给亲近的人的书信中充分表达情绪和思想的人，她在这封长信中还说，“人活着的意义基本的是在能体验情感”。这是一层意思；“能体验情感还得有智慧有思想来分别了解那情感——自己的或别人的！”这又是一层意思；进而，“如果再能表现你自己所体验所了解的种种在文字上——不管那算是宗教或哲学，诗，或是小说，或是社会学论文——（谁管那些）——使得别人也更得点人生意义，那或许就是所有的意义了——不管人文明到什么程度，天文地理科学的通到哪里去，这点人性还是一样的主要一样的是人生的关键。”这一段话，对于理解林徽因数量不多的文学创作，富有特殊感染力的文学活动，终身投注的建筑事业，乃至于她全部的生活，都可能有基本的启示。

秀外慧中，一代才女，这似乎是最容易用到林徽因身上的词了。可是在中国的词汇所散发的复杂信息里，才子、才女的“才”，除了直接表面的意思之外，还总是特别容易与浪漫的、反常规的想象联在一起，同时排斥日常性的、平实的联想。说林徽因是才女，它的意思肯定不是说林徽因是一个在艰难困苦中做了大量工作的人。但是如果没有这一面，就没有作为建筑学家的林徽因及其在此领域的重要贡献。而在这一领域，除了铭记她不凡的成就之外，还应该铭记另一面的历史。林徽因的儿子梁从诫说得好，“在古建筑的研究和保护工作中，人们应当知道的，也许还不只是她的成功，而更是她的那些重大的失败”。当年她和梁思成等同道竭力想要把古城北京作为一个“活的博物馆”保存下来，却在“轰立的新观念”面前徒劳抗争，节节败退，后来在关于北京古城墙存废问题的争论中终告彻底失败。她留下这样一句话：“有一天，他们后悔了，想再盖，也只能盖个假古董了。”

“矗立的新观念”是林徽因自己的概括，早在一九三七年，它就令人不安地出现在《古城春景》的短诗当中：“时代把握不住时代自己的烦恼——/ 轻率的不满，就不叫它这时代牢骚——/ 偏又流成愤怨，聚一堆黑色的浓烟 / 喷出烟囱，那矗立的新观念，/ 在古城楼对面！”在这里，“矗立的新观念”有一个突兀的形象：喷着浓烟的烟囱。它释放出追求工业文明和现代性实验的巨大力量，这种力量可不在乎传统不传统，文化不文化。在这种怪物似的力量的比照之下，林徽因对“建筑意”——她自己造出来的一个词——的沉浸和维持，不仅不合时宜，而且分明是逆历史潮流而动了。于她自己，势不得不如此。在一九三二年的《平郊建筑杂录》里，她不禁写道：“无论哪一个巍峨的古城楼，或一角倾颓的殿基的灵魂里，无形中都在诉说，乃至于歌唱，时间上漫不可信的变迁；由温雅的儿女佳话，到流血成渠的杀戮。……眼睛在接触人的智力和生活所产生的一个结构，在光影恰恰可人中，和谐的轮廓，披着风露所赐与的层层生动的色彩；潜意识里更有‘眼看他起高楼，眼看他楼塌了’凭吊兴衰的感慨；偶然更发现一片，只要一片，极精致的雕纹，一位不知名匠师的手笔，请问那时锐感，即不叫他做‘建筑意’，我们也得要临时给他制造个同样狂妄的名词，是不？”

一九九九年七月九日

林徽因一生中的几个情景

读《林徽因文集》，能够从中读出她自己的形象。她的文字，特别是向友人报告生活、情绪、思想的书简，可以当成有意无意间写出的“自传”。我们且只看几个情景。

六岁出水痘，被孤独地囚禁在房屋里养病。“那时大概刚是午后两点钟光景，一张刚开过饭的八仙桌，异常寂寞地立在当中。桌下一片由厅口处射进来的阳光，泄泄融融地倒在那里。一个绝对悄寂的周围伴着这一片无声的金色的晶莹，不知为什么，忽使我六岁孩子的心里起了一次极不平常的振荡。……为什么那片阳光美得那样动人？”她顺手摆弄一只灵巧的镜箱，听着窗外断续的鸟语，“心里却仍为那片阳光隐着一片模糊的疑问”。（《一片阳光》）

少女时代在英国读书，独自看雨，一个人吃饭，咬着手指头哭——“闷到实在不能不哭！理想的我老希望着生活有点浪漫的发生，或是有个人叩下门走进来坐在我对面同我谈话，或是同我同坐在楼上炉边给我讲故事，最要紧的还是有个人要来爱我。我做着所有女孩做的梦。而实际上却只是天天落雨又落雨，我从不认识一个男朋友，从没有一个浪漫聪明的人走来同我玩——实际生活上所认识的人从没有一个像我所想象的浪漫人物，却还加上一大堆人事上的纷纠。”（一九三七年十一月致沈从文）

三十年代初和梁思成等去山西作古建筑调查和实测，山山水水，小堡垒，村落，反映着夕阳的一角庙，一座塔，“美得到处使人心慌心痛”。“旬日来眼看去的都是图画，日子都是可以歌唱的古事。黑夜里在山场里看河南来到山西的匠人，围住一个大红炉子打铁，火花和铿锵的声响，散到四团黑影里去。微月中步行寻到田陇废庙，划一根‘取灯’偷偷照看那了望观音的脸，一片平静，几百年来，没有动过感情的，在那一闪光底下，倒像挂上一缕笑意。”（《山西通信》）

抗战南迁，到长沙暂居，日机空袭，“当时我们——外婆、两个孩子、思成和我都在家。两个孩子都在生病。没人知道我们怎么没被炸成碎片。听到地狱般的断裂声和头两响稍远一点的爆炸，我们便往楼下奔，我们的房子随即四分五裂。全然出于本能，我们各抓起一个孩子就往楼梯跑，可还没来得及下楼，离得最近的炸弹就炸了。它把我抛到空中，手里还抱着小弟，再把我摔到地上，却没有受伤。同时房子开始轧轧乱响，那些到处都是玻璃的门窗、隔扇、屋顶、天花板，全都塌了下来，劈头盖脸地砸向我们。我们冲出旁门，来到黑烟滚滚的街上。”（一九三七年十一月致费慰梅、费正清）

一九四〇年冬，营造学社随中央研究院历史语言研究所从昆明迁至川西的一个小江村李庄。林徽因在这里的日子贫病交加。在一九四一年八月给费慰梅、费正清的信里，她谈到她和梁思成、金岳霖，用了一个比喻：“思成是个慢性子，愿意一次只做一件事，最不善处理杂七杂八的家务。但杂七杂八的事却像纽约中央车站任何时候都会到达的各线火车一样冲他驶来。

我也许仍是站长，但他却是车站！我也许会被辗死，他却永远不会。老金（正在这里休假）是那样一种过客，他或是来送客，或是来接人，对交通略有干扰，却总能使车站显得更有趣，使站长更高兴些。”

还是在李庄，一九四三年，林徽因给费慰梅、费正清的信里谈到她病榻上读的书：“顺便说起，我读的书种类繁多，包括《战争与和平》、《通往印度之路》、《狄斯累利传》、《维多利亚女王》、《元代宫室》（中文的）、《北京清代宫殿》、《宋代堤堰及墓室建筑》、《洪氏年谱》、《安那托里·费朗西斯外传》、《卡萨诺瓦回忆录》、莎士比亚、纪德、萨缪尔·巴特勒的《品牌品牌品牌》，梁思成的手稿、小弟的作文和孩子们爱读的《爱丽丝漫游奇境记》中译本。”据梁从诫回忆，母亲读书时有所感，可是苦于无人交流，只好对着一对小儿女——两只小牛弹琴。

一九九九年七月二十八日

深夜赛跑的赤子

新文化传统中的那种现实的战斗精神，在胡风的身上一直充溢着，所以他的一生中，很少有解脱出来、精神放松的时刻吧。唯其如此，这样的片刻从胡风身上表现出来，就特别地感动人。一九三五年初在上海，经由鲁迅的关系，胡风认识了萧军和萧红，《胡风回忆录》（人民文学出版社，一九九三年）里留下了这样一段记叙："一次，我们从鲁迅家出来后已经深夜了，电车已停，只好步行回法租界。总有十多里远吧，我们走着一路谈笑，毫无倦意。终于，萧红和我赛起跑来了，萧军在后面鼓掌助兴。完全没有想到这是危险的，万一巡捕拦住讯问身份和住址，那很可能惹出祸来。两三天后，鲁迅先生在给我的信里说，不要在马路上赛跑，就是指的这事。我们在兴奋中一点没有想到危险。"在这短暂的时间里，胡风好像一下子到了他所置身的环境之外，好像没有人事纠缠，没有是是非非需要去争斗，胡风只是一个深夜赛跑的兴奋的赤子。

一九三八年九月在武汉，胡风住处小朝街被敌机轰炸，围墙坍塌。胡风撤离武汉到重庆去之前，到住过将近一年的小屋里清理杂物。"艾青送我的白瓷胆瓶仍在，擦干净后显得那么白洁透亮，但我将过逃难的生活，只好将它留下。到院里采了一朵仍在盛开的花，插在里面，和笔砚等一起，照样放好，看去我仍将在这里写文章看稿件。我怅怅地望了一会，好像平常出门一样，慢慢地走了！”正如胡风难得解脱放松片刻一样，在严酷的现实中，胡风的真挚、柔情往往被掩盖了，很少有表露的机会。我们大概比较容易了解到，胡风是条血性的湖北汉子，脾气可以说是坏，我们的眼光还比较容易为一些如文学论争之类的事情所吸引，我们却不大能够想到，一个将要逃难的人，在敌机的飞旋轰炸如一日三餐的情形下，采一朵花插在朋友送的洁白透亮的瓷胆瓶里。到处都是断垣残壁，仍然不能证明人内心的荒芜。

胡风的回忆录先是在《新文学史料》上连载，胡风写到抗战期间撤离武汉，以后的部分是亲属根据他生前的手稿、日记、书信等材料整理编写的。成书时梅志在《编写后记》中哀叹胡风未能完成这部作品，说“我接着完成的那一部分，相形之下就差得太远了”。其实梅志那种用原始材料，“不是亲身经历的、没有根据的、不了解不清楚的，就不写进去”的做法，使这本书具有真正的价值。比如下面这一看法：“读了几十页罗曼·罗兰的《托尔斯泰传》。作者自己兴奋地抒起情来了，恐怕不是真的托尔斯泰罢。”这可能是从胡风一九三八年九月三十日的船上日记里直接抄录下来的，对于全面了解胡风的文艺理论和具体的见解，是有意义的。

重庆前期胡风一家的日常生活，有惊心动魄的几幕。梅志怀了第二个孩子，腹痛要生产时用滑竿抬着跑了三家医院，两家没床位不收，一家价钱太贵不能住，最后只好又抬回旅馆里。刚生下一女孩，忽然警报大响，旅馆里立即人去楼空。“我不能离开刚生下孩子的产妇，她可能是刚才使了太大的劲，现在是那么地平静，简直好像没有听到飞机的轰鸣似的，完全沉浸在做母亲的幸福中了。我坐在她身旁，紧紧地握着她的手，想着，要是被炸中了，就死在一起吧。”女孩出生的第十天，半夜里发现被老鼠咬得满头满脸都是血，鼻子、嘴唇、耳朵和脸颊都被咬伤了。这个女孩子就是张晓风，半个多世纪之后，她写了一本《九死未悔：胡风传》，最近由台湾业强出版社出版。

《胡风回忆录》所述颠沛流离的生活，如果没有不显眼的M——梅志，不知会是另外的什么样子。回忆录使我对与胡风一生荣辱与共的梅志更加肃然起敬，“伟大”这样的词，用在这样的女性身上，比平常许许多多男性伟人对它的占有要贴切得多。梅志今年八十多岁，我听贾植芳先生说，她这些年一直在写胡风传，今年春天给贾先生的信里说：她终于写完了，六十万字，把稿子整理好，默默地放在胡风遗像前，了却了这么多年的心愿。

一九九六年六月五日

早春日记中的人与事

两个晚上读完《早春三年日记（一九八二——一九八四）》（大象出版社，二〇〇五年）。这本书的印行，使得贾植芳先生的日记从一九七九年出到了一九八七年。此前，一九七九—一九八一的“平反日记”，收在《解冻时节》一书中；一九八五—一九八七“退休前后”的日记，收在四卷本文集的书信日记卷内。

早春日记中的贾先生，已经是慢慢接近七十岁的人了，却是兴奋而忙碌，一种新的生活正在展开。一九八二年元旦，收到日本学者今富正巳寄来的《北方土语辞典》，这是贾师母任敏新中国成立初期编撰的，东京翻译出版是一九七一年，这个时候贾师母在山西务农，贾先生在上海劳改。现在已经不同。二月五日日记写：“过了一个忙碌的年，这也是二十多年来我们夫妇二人过得最好的一个年。”所说的“最好”，也就是“正常”了。

接下来，贾先生的旧译《契诃夫手记》校订出版，而且出乎意料地受欢迎，出版社一印再印。报载，中国社科院各所在北京王府井设立咨询台，答复群众问题，唐弢对学习写作的青年说，要读《契诃夫手记》。又有出版社愿意出贾先生的创作集，他自己的存书早就全部失去，图书馆也找不全，但这样的困难还是在兴奋中克服了，《贾植芳小说选》终于印出。其间的一九八三年三月十日，他很动情地写了这么一段话：“全力投入校改旧作品的工作，我年青时代特有的那种诗意和激情今天仍然使我感到新鲜、亲切，仿佛那就是我的‘哗哗’地流着的血液的响声。”

这一时期贾先生的主要精力被两套大型资料丛书《中国现代文学史资料汇编》和《中国当代文学研究资料》牵扯，光是做“责任编委”审稿，就不知费了多少时间。另一项费神费力的工作是比较文学的学科建设。贾先生的工作，可用“拼命”这样的词来形容：“全力编《契诃夫年谱》，通宵达旦”（一九八三年三月三十日），“昨晚译书至晨六时始寝”（一九八三年十月二十四日），“未出门，今日五时始寝，赶译论文”（一九八三年十一月一日），这样的记载屡见。能够工作，在贾先生，已经是“最好”了。有一天深夜两点，先生工作的间隙，注意到屋外的雪还在落，“仿佛听出雪花落地的声音……”（一九八四年一月十八日）

贾先生喜欢说自己是社会中人，他的日记就不仅仅是个人日记，其中有非常丰富的社会信息，人与事的信息。

譬如说，我在这一段时期的日记里看到了曹白：一个因为木刻与鲁迅有过直接接触、受到鲁迅教诲和关怀的青年，一个因为创作而得到胡风帮助的作家。曹白到贾先生家，从贾先生那里“带去代他借的旧作《呼吸》，此书一九四三年由胡公在桂林新版印行，是‘七月文丛’之一，曹白自己还未见过”。（一九八二年三月二日）贾先生是热心人，为《呼吸》重版多方努力。曹白自己从文坛消失得太久了，人们不知道他，他好像也不知道别的人。一九八二年贾先生回山西参加赵树理的研讨会，回来后收到曹白信，“问我和赵树理谈得如何”，引发

贾先生感慨“这位仁兄真是‘桃花源’中人，不知有汉，何论魏晋了。”（九月十七日）

“七月派”最重要的小说家路翎平反后创作了大量作品，却大都无法发表，此一时期贾先生日记中记载为路翎推荐作品已成常事。直到路翎去世后，九十年代中期，我还在贾先生那里看见过路翎写在稿纸上的诗。

陈子展先生和贾先生来往频繁，一些记叙很有意思。一九八二年五月十五日，“陈子展来，他说昨天不适几乎翘了辫子，下午来访，想哈哈一笑，因叩门声太轻，你们不开未能进来，所以今天又来”。七月十四日，“晚饭后，去看子展先生，他足病加胃病，谈到俄国的肖斯塔科维奇，他引了肖在遗嘱中说的俄国知识分子的价值观是‘一双靴子胜过莎士比亚’”。一九八四年十二月九日，“早上陈子展先生来访，他为自己的著作（有关楚辞的）被出版社胡乱改动，弄得面目全非，大为光火。为此，找我来诉苦，大骂现代出版界不尊重作者的流氓行为”。

贾先生青年时期就喜读尼采，到老依然。在他的日记中，不时会抄录尼采的句子，是那种孤零零地抄录，没有上下文的衔接。这种抄录方式，只是对尼采一个人的著作才有。“神已死亡。”“我在人间比在禽兽里更危险。”这两句，重复出现了好几次。还有一次，抄的是《查拉图斯特拉如是说》里的一段：“谁不愿在人堆里渴死，他必须学会以各种杯子喝水的方法；谁愿意弄干净身子在人堆里走，他必须学会洗濯，甚至于拿污水洗。”显然，这不是作读书笔记。

二〇〇五年五月二十一日

读夏济安记

一

夏济安是谁?

二十世纪八九十年代之交，我还是个用功的好学生，为“研究”的需要，通读了一套完整的《文学杂志》，从一九五六年创刊到一九六〇年结束，共八卷四十八期。夏济安是这个杂志的主编，其时他任教于台湾大学外文系，杂志也就顺理成章以台大外文系为大本营。五十年代初期的台湾文坛，充斥的是官方推行的“反共八股”和坊间泛滥的男女私情，真正的文学难得一见。这样的荒芜自然引发不满，寻求突破的文学力量也正滋生。《现代诗》杂志、《创世纪》诗刊正是诞生于这一背景之下。学院派特征明显的《文学杂志》的出现，以自己特殊的介绍西方现代主义的方法和策略，以它对新的文学力量的发掘和催生，产生了深远的影响和意义，以致于后来的文学史家，把它看成是台湾文学史上的“里程碑”。

那时候，偶尔会有人问夏济安是谁。为了镇住问的人，我就说，夏济安是白先勇、王文兴、欧阳子、陈若曦他们这一拨作家的老师。没有这些人，台湾六十年代的文学史就缺了最重要的一块儿；而他们，都是从《文学杂志》起步的，又都是台大外文系的学生。白先勇后来写《恩师夏济安 塑造白先勇》，说他在一家小书店看了第一、二期的《文学杂志》，就做了一项生命中异常重大的决定：重考大学，专攻文学；进入台大外文系后，最大的奢望是在《文学杂志》上发表作品。后来果然如愿以偿，得到夏先生指点，逐渐确立了自己的风格。几年后《文学杂志》停刊，白先勇等创办《现代文学》，正是老师未竟事业的延续和光大。

八十年代有很长一段时间，夏志清的《中国现代小说史》在研究现代文学的圈子中半遮半掩地传阅，大陆虽然当时还没有出版过夏志清的著作，夏志清的大名却已经如雷贯耳。为了告诉别人夏济安是谁，我有时也会一本正经地说，他是夏志清的哥哥，名气没有夏志清大，但学问比夏志清好。幸好没碰见谁追问学问怎么个好法，否则真要露马脚了。

记得一九九二年春天，我到北京图书馆查找资料一无所获，苦恼之际，赵园老师从社科院文学所资料室帮我借到《夏济安选集》；后来又通过一个朋友辗转，复印了《夏济安日记》。现在已经不是那时候了，辽宁教育出版社的“新世纪万有文库”继一九九八年出版《夏济安日记》后，又于二〇〇一年出版《夏济安选集》，这两册台湾旧书的大陆新版，引起一些人对夏济安的好奇。夏济安是谁？比起十多年前，对这个问题有兴趣的人自然是多了起来，尽管也多不到哪里去。

二

夏济安一九一六年生于江苏，一九四〇年上海光华大学毕业后任教于该校英文系，这一年《西洋文学》创刊，张芝联、夏济安、柳存仁、徐诚斌等是撰稿、组稿的重要力量，以翻译和介绍为主，出过乔伊斯和叶芝的专集。夏济安到台湾后主编《文学杂志》，很大意义上可以说是当年《西洋文学》的复活。一九四五年秋到一九四八年底，先后任教西南联大外语系、北京大学外语系。后在香港滞居一年半，一九五〇年由港赴台，任教台大外文系。一九五九年赴美，先后在西雅图华盛顿大学和加州大学柏克莱分校任教和从事研究。一九六五年因脑溢血去世，不满五十岁。

夏济安的早逝令许多人扼腕，他在诸多方面的才华未能充分展现，未能成就更大的个人事业。可是，什么是个人的事业呢？他以一个刊物编辑、一个大学教师的单薄力量，推动了一个时代文学的变化和文学史上一代作家的崛起，这不是他个人最大的贡献吗？通常我们只把一个学者的个人著述才看成是他个人的事业，这其实是有些狭隘了；看夏济安，应该先看到这大的超出狭隘的个人事业观念的部分，再来看其他的方面，才不至于为管孔之见所囿。

作为一个文学学者，夏济安常常讲到“同情的批评”；陈世骧为夏济安遗著作序，也特别谈到夏济安的“同情的批评”：“我们看他评彭歌《落月》的文章，看他论现代散文和诗，看他论西洋文学和文化，再看他评中国旧文化与新文学，处处可以体验‘同情的批评’这句话的字字原意、本意、真意，即实际应有的意义，和做到以后真可宝贵的价值，并且更重要的是看到这句话的积极性。旁人一般说惯，大概只作消极的理解：‘同情’变成多只是原谅或可怜什么不幸；‘批评’只是在挑错误。于是‘同情的批评’实用起来成为‘原谅错误’的声明或请求。为之者自示宽大，受之者谢您高抬贵手。用于政治，归为妥协；用于文艺，落得旁敲侧击之后做个好好先生。但济安在这些文章里的‘同情的批评’，一反这些俗意。他的‘同情’真是同鸣共感，而深入的参与到主题对象以内；他的批评真是由排比辨析（批字原意之一）直作到持平的评，更又平稳的、积极的向前推进。从他这最平常的一句话，都运用到本意真诠，就可见其为文之不苟；从他言行之有力，更见其为人之挚切，而富于爱的智慧。”

夏济安的文学批评，研究中国现代文学的人大都熟悉他的名篇《鲁迅作品的黑暗面》；我读夏济安，还特别注意到他关于白话文的意见。他在《白话文与新诗》里，说为什么要用白话文写诗，“假如白话文只有实用的价值，假如白话文只为便于普及教育之用，白话文的成就非但是很有限的，而且将有日趋粗陋的可能。假如白话文不能成为‘文学的文字’，我们对于白话文，始终不会尊重。对于文字之美的爱好，是文明人精神生活里很重要的一部分，我们假如在白话文里得不到‘美’的满足，我们只有到旧文学里去找；而懂洋文的人，只好去崇拜洋人了……我们现在写诗，是考验白话文能不能‘担负重大的责任’，白话文能不能成为‘美’的文字。假如不能，白话文将证明是一种劣等的文字；白话文既是大家写作的工具，那么中国文化的前途也就大可忧虑的了”。

一九六〇年《现代文学》创刊，学生们一定很希望得到老师的稿子；夏济安也很兴奋，写了一篇《祝辞》，满满五页纸。但不知什么原因，这篇文章并未寄出，直到很多年后夏志清整理先兄遗物才发现，在一九九二年五月出刊的《联合文学》第八卷第七期上公开。这篇《祝辞》主要讲五四以来的中国新文学传统，所针对的正是新一代台湾作家对此缺乏基本了解的状况。《夏济安选集》没有收这篇文章，所以这里也特别抄两段，所谈也落脚于文学创作的语言——白话文——问题：

> 我所以唠叨的讲那时候的作家和作品，并不单是因为客居异邦，怀旧之情在作怪，而是也有一点理论根据的。我所关心的，是白话文学的前途……中国新文学有一个特点，那是有关你们一动笔就要碰到的问题的。即你们创作用白话，中国新文学的工具也是白话。白话文，同任何一种文字一样，不是容易运用的。我相信从事艺术创作者的最大的乐趣，是在和工具的挣扎，以及克服运用工具的困难。白话文本身现在还不十分完美，可是它也是一种不肯听任指挥的工具。白话文在台湾的危机，据我看来，是：过去白话文的作品我们能够看到的不多，可是白话文的陈腔滥调，我们却好像全从大陆搬来了；最近几年，还添了不少比较新的陈腔滥调。陈腔滥调是思想的敌人，也是创作的敌人，因为它们很容易滑进你的文章，代替你的思想，代替你的观察。这个毛病谁都会犯，所以写文章是件战战兢兢的苦事，力求准确而防止不准确的代用品的混入，这是少数献身于艺术的人才肯做的傻事。我相信你们就是这种少数的傻人。
>
> 五四以来的白话文作家，也曾遭遇到同样的困难。白

话文在他们手里经过锤打，经过锻炼；他们曾把它延伸，紧缩，平铺，扭曲——为了达到种种不同的目的。前人的苦功，一方面可以省却后人许多苦功；另一方面，也留下许多别的问题，让后人解决；后人若不花同等的，或更大的“苦功”，是不能解决那些前人所忽视的或不能解决的问题的。

现代文学的语言问题伴随着现代文学的诞生而出现，一个世纪以后的今天，也仍然困扰着对现代汉语有着自觉省察的写作者。现在读夏济安当年对他的学生们的恳切的“唠叨”，仍然会感受到那种指向根本的洞察力，而不会觉得这是浮泛的话、过时的话。

三

夏济安的声名，还有一部分是建立在一流翻译家的美誉之上的。他编选翻译的《美国散文选》《名家散文选读》，很多年前由香港今日世界社印行，被公认为翻译中的经典；二〇〇〇年复旦大学出版社出版英汉对照《美国名家散文选读》，即由香港的版本而来。

其实早在一九八五年，上海译文出版社就出过夏济安评注的《现代英文选评注》。这本书最初是台湾商务印书馆一九六〇年出的。话说九十年代，我读博士那会儿，一位美国来的女老师教口语，她热爱文学，写诗。为了吓唬她，我就在课堂上跟她谈威廉·福克纳，她果然一震，说我们美国人也读不懂福克纳。其实就我那英文，离福克纳差不多十万八千里，我读的是李文俊、陶洁先生的汉语福克纳。为了进一步显摆我的功夫，我就讲了福克纳名篇《熊》里面的一个单词，corridor（走廊），从抽象到具体，从时间到空间，讲得天花乱坠，热爱文学的美国老师只有频频点头的份——你一定猜到了，我讲的全是偷来的。从哪里偷来的？《现代英文选评注》。偷了这一次之后，我就可以放心大胆地逃课了，最终老师还给了个 A 。

说夏济安的英文可以吓唬美国人，不是夸张的话。他的英文小说《耶稣会教士的故事》就发表在著名的《党派评论》（*Partisan Review*）上，同期有大作家纳博科夫的作品，而夏济安的小说排在第一篇，这多少让他有点儿得意。

夏济安确实有创作上的强烈欲望，但他只写过几篇小说，写过一首仿 T. S. 艾略特《荒原》的诗《香港——一九五〇》；他也曾经有恋爱的强烈愿望，但他一直没有成功的恋爱。他一定没有想到，不成功的恋爱反倒使他的“作品”——《夏济安日记》——在他身后风靡台湾一时。这本日记是一九四六年在昆明西南联大写的，他爱上了一个学生。有一天，他这样写：“今天做作文，她伏案捷书的时候，我细细的端详了一下，觉得她的鼻子和面部轮廓，真是美得无可比较，肤色亦是特别娇嫩……她的座位是在阳光下，我有时站的地位，把阳光遮住，我的头发的影子，恰巧和她的脸庞接触，她不知觉得不觉得？”

四

最后，还应该说说夏济安重要的英文著作《黑暗的闸门》

（*The Gate of Darkness*），这本书一九六八年由华盛顿大学出版社出版，至今未能全部译成中文。为了写这篇文章，我去年年底给哥伦比亚大学的宋明炜兄写信，问他关于准备翻译此书的情况。他回信谈到读这本著作的感受，值得一并记在这里，也就此结束这篇短文："……此书出版于夏济安身后，关于左翼文学运动的兴起与衰落，到延安座谈会对大陆文学界的影响。全书其实都是'叙述'。我个人非常喜欢，认为是夏济安用文学批评的方式写的'现代小说'。……夏济安是有'同情心'的，他不把描写的对象降格为'不幸者'，而是看作自己（中国）的一部分。读来时常有切肤之感。……从材料来说，时至今日，此书或者没有什么新颖之处；但我依然认为，从文学的意义上，这是一部杰作。可惜在美国早已绝版，几乎没有什么人知道它了。它的中文翻译屡经多人之手，至今没有完成。我已经和王德威老师说好，准备从庄信正手中接过译稿（其中林以亮先生也译了部分），将它补全校订，最迟明年春天可以做好台湾版。"

二〇〇三年三月十一日

一只粗糙的手的抚慰

——略谈张爱玲《同学少年都不贱》

一

我设想，《同学少年都不贱》如果由年轻的张爱玲来写，也许要比现在两万字的篇幅长得多，而且要丰润、流畅一些吧。二十世纪四十年代一个二十几岁女子的文学才华抑制不住地往外冒出来，三十多年后，经历了那么多一言难尽的乱离世事之后，才华还在，却不是那么重要了；文学呢，差不多成了欲说还休的形式。

年纪轻一点的张爱玲的读者也许会有点失望？我却不，因为从不丰满、不流畅的叙述里能够读到的内容，在早期才气逼人的作品里未必就有，特别是考虑到这部作品的“自传性”——当然不是事实上的对应，而是从作品里面透露出来的境遇、心态、精神等方方面面的信息——就非常有意思了。从这个意义上说，我一开始的那个设想根本就是错的，那个年轻女子喜欢写苍凉故事，但她不可能预测自己后来的“离散”经验，《同学少年都不贱》还是要到二十世纪七十年代。那个年轻女子写的是故事和“传奇”，而到《同学少年都不贱》的年龄，已经无意于故事和“传奇”，比这更重要的，是经验和生活。

二

小说写的人物，主要是赵珏和恩娟，起初还是上海一所教会中学的女生,那是丢了东三省的时代；到二十世纪五六十年代，她们都在美国，一次赵珏看《时代周刊》写一个入内阁的犹太人是从上海来的，又提到他的中国太太，正是恩娟，不免就想起过去的事：小说就从这里开篇。

女子心细，还是心窄，不好说，即便是同寝室的好友，互相之间还是暗暗地比较，看似随随便便说个闲话，其实也藏着机锋。她们都是非常敏感的人。张爱玲擅长的就是写这样的女子。在美国，赵珏比起恩娟，是大大地不如了，恩娟嫁对了人，跟着飞黄腾达；赵珏呢，常常不免窘迫，却又敏感地自尊着。两个人多年不见面，见一次面，赵珏发觉有三次恩娟不相信她的话,从感到刺耳到感到刺心,“人穷了就随便说句话都要找铺保。这还是她从小知己的朋友”。

恩娟的婚姻，赵珏其实是不怎么羡慕，当初，还是早在上海的时候，她心里的评价就是,“至少作为合伙营业，他们是最理想的一对”。赵珏自己，是绝不肯把爱情当作合伙营业的。在教会学校，没有目的地爱着高两班的赫素容，傍晚看见穹门外殷红的天和钟塔映在天上的剪影,“心涨大得快炸裂了，还在一阵阵的膨胀，挤得胸中透不过气来，又像心头有只小银匙在搅一盅煮化了的莲子茶，又甜又浓”。赫素容毕业去北平上大学，给她来信,她狂喜地连看几遍,渐渐明白是赫素容看她家里有钱，借着救国的名义，好让她捐钱给赫素容的某派学生组织。她连信都没回；过了几年，她和一个高丽人北京上海之间跑单帮，还是那样，“我觉得感情不应当有目的，也不一定要有结果”。“完全是中世纪的浪漫主义。”到美国后，和萱望同居，又分居，又同居，直到萱望回归大陆。

恩娟和赵珏见面的时候，说起她们同寝室的芷琪，她的遭遇不好，恩娟说着几乎泪下。赵珏很是震动。后来她才明白为什么当时“骇异”恩娟对芷琪一往情深。她想起战后在兆丰公园碰见赫素容推着个婴儿车，她完全漠然。固然早就有那封信使赵珏反感，但那与淡漠不同。这中间赵珏有了恋爱，与男子的恋爱。“与男子恋爱过了才冲洗得干干净净，一点痕迹都不留。”从这里也可以推测，那时候教会女校流行的同性之间的感情，大都不是赵珏后来在美国感到没有什么好“骇异”的同性恋。

从自己的经验推测，“难道恩娟一辈子都没恋爱过？”“是的。她不是不忠于丈夫的人。”——令赵珏震动和骇异的，是这个。

三

在巨大的社会和个人的变化以及由此所带来的频繁的时空转换中叙述人生世事，头绪多而乱，而叙述主要从赵珏的视角展开，似乎就不能不是不充分的、不流畅的。在困顿尴尬的夹缝里慨往伤今，在漂浮不定的间隙中思前想后，是没有办法从从容容娓娓道来的，“离散”的生活还没有给她提供从从容容整理人生经验的机会，新的尴尬困顿，新的不定的漂浮，还会接踵而来。就此而言，这种点滴的、断续的、不丰满、不充沛、不酣畅的叙述本身，而不仅仅是这种叙述的内容，透露出小说人物的真实境况和精神状态；这样的状态和境况，同时也可以勾连到小说作者的生存现实。夸张一点说，这个作品本身也就是从作者生存现实的夹缝和间隙中诞生的，它带着那种生存现实的感慨和沉重。

但典型的张爱玲式的特色还保持着，譬如这一段短文字，写赵珏招待恩娟吃饭的桌子及其摆设："公寓有现成的家具，一张八角橡木桌倒是个古董，沉重的石瓶形独脚柱，擦得黄澄澄的，只是桌面有裂痕。赵珏不喜欢用桌布，放倒一只大圆镜子做桌面，大小正合式。正中铺一窄条印花细麻布，芥末黄地子上印了只橙红的鱼。萱望的烟灰盘子多，有一只是个简单的玻璃碟子，装了水搁在镜子上，水面浮着朵黄玫瑰。上午摆桌子的时候不禁想起镜花水月。"在"镜花水月"上吃饭，迷离虚幻得可以，又实在世俗得可以。

更典型的是，有一天赵珏从无线电里听到肯尼迪遇刺而亡的消息，她正在水槽上洗盘碗，脑子里听见自己的声音在说："甘乃迪死了。我还活着，即使不过在洗碗。"接下来的文字是，"是最原始的安慰。是一只粗糙的手的抚慰，有点隔靴搔痒，觉都不觉得。但还是到心里去，因为是真话"。

不仅典型如过去的文学表述，而且真实如现今流离生活的况境。这，也就是张爱玲了。

二〇〇四年三月十九日

第五辑

重读《废都》

重读《废都》，最深的感受是，这是一部中年人写的书，写的是中年的经验和心境。

《废都》一九九三年出版，已经过了十年。最初的两年内，正版和各种盗版，据贾平凹转述的内行人的估计，加起来超过一千两百万册。准确的数字恐怕无法统计，事实上，盗版至今也没有断绝。

在吵吵嚷嚷的“事件”中，这么多的人读《废都》，都读到了什么？恐怕不容易读出一个中年人无法诉说的精神上的寂寞、茫然和颓败吧？

一旦成为“事件”和“现象”，创作中个人性的东西似乎就没有了位置，取而代之是社会的焦点和大众的兴趣。

可是，如果没有这种个人性的精神上的东西，就不会有这样的创作，不会有这部书。

大概很少有作家愿意让自己的作品被认为是“颓废”的，贾平凹也不例外，他对加在自己身上的“颓废”的指责一直耿耿于怀。不过，如果从文学和艺术上来看，“颓废”其实并不就是一个坏字眼。二十世纪二三十年代，有人把这个西方文学和艺术的概念（decadent,decadence）翻译成“颓加荡”，这个译法有点意思，差不多可以说音义兼收，形神兼备——“颓”是精神上的状况，“荡”是行为上的表现，与原文又有语音上的关联。法国的颓废派和英国的唯美主义所产生的一些好作品，是与对十九世纪末某种精神状况的揭示紧密相关的，并非只是表面上的放荡不羁。二三十年代上海出现过唯美—颓废的小团体，但他们的作品，往往只是对“颓废”形式的模仿，大多有形（“荡”）无神（“颓”），精神上的深切感受不足，也不怎么具备艺术上的功夫。

如果说《废都》写的是一个中年人的“颓废”经验和心境，其实是中肯的。贾平凹写庄之蝶这么一个名作家的日常生活，笔触很少伸到这个人的心灵深处，偶有指涉也赶快移开，似乎有意避免碰触；但越是躲避着，就越显出问题在那儿。在这一点上，我觉得小说的处理是非常成功的，它不写这个人精神上的问题，写的都是庸常的琐事，有心的读者却应该能够不时地感受到这个人物精神上的茫然与危机。小说写性，这是最引人争议的了，如果和这个人物的精神状态结合起来看，其实就没有多么难理解。十年之后，贾平凹和人聊天时说，《废都》写性，“只是写了一种两性相悦的状态，旨在说庄之蝶一心要适应社会到底未能适应，一心要有作为到底不能作为，最后归宿于女人，希望他成就女人或女人成就他，却谁也成就不了谁，他同女人一块毁掉了。”（《十年一日说〈废都〉》，载《美文》，二〇〇三年四月）这种“两性相悦”，就是精神上的茫然和危机的一个出口吧，后来证明这个出口并不就连着一条出路。

这里被认为是“大肆描写”“过度渲染”的性，其实是可怜的性，是在现实的重重包围中偷偷摸摸的“两性相悦”，这个“悦”，差不多是庄之蝶精神上的救命稻草，他在日常生活的无聊和苦恼中，几乎找不到什么“相悦”的时候。庄之蝶的“颓废”，是在社会的围困中偷偷摸摸的“颓废”，这不仅是说外在行为上的“偷”情，而且更是说他精神上的痛苦处于黑暗的、不见人的状态中。

这么一说，《废都》的“颓废”就和法国英国的颓废派及其二三十年代中国的模仿者区别开来了：那样的“颓废”是公开的“颓废”，不仅以公开的“颓废”精神，而且以公开的“颓废”行为，来反抗现实，挑战世俗，并且大胆地把“颓废”化为个人生活和艺术创作的独特形式。在感觉上，这样的“颓废”是青年人的“颓废”，坦荡，单纯，没有功利算计，不用小心翼翼。

庄之蝶是“一心要适应社会到底未能适应”的，他虽然有精神上的苦恼，但他没有想过要站到这个社会和现实的对立面上，说到底，他就是这个社会和世俗的一部分，而且不是普通的部分，他是这个社会和世俗中家喻户晓的名人。他其实特别重视这个社会和世俗，特别在意他在其中的位置。他精神上的茫然和危机，也许沾到“虚无”的边了，他有时会有“虚无”的情绪，但他其实是说不大上多么“虚无”的，因而他的“颓废”也就不是彻底的、义无返顾的。没有彻底的“虚无”，没有彻底的“颓废”，面对精神的困境和现实中的困境，有的就多是伤感和自怜了。再加上他又是文人，又是名人，身份意识又重，自己就觉得自己不是一般人。确实，对于伤感和自怜，这部作品在艺术上显得有点不够节制。

这个人物精神上的不彻底，却可能使得从他身上反映出来的现实更真实。这个现实，指的就是束缚包围着他的现实，在很大意义上，是一个经历诸多世事磨难之后的中年人的现实。生命的河流流到中年这个阶段，怕是已经有些污浊了，因为有了那么多现实的因素加入进来；但也浑厚了，同样是因为有那么多的现实因素加入进来。贾平凹在后记里说，他是经历了接踵而来的灾难之后开始写这本书的，他把这本书成为“苦难之作”。那时候书稿还在他手里，他还不知道这部书会有怎样的命运。他为这本书写后记，“目的是让我记住这本书带给我的无法向人说清的苦难，记住在生命的苦难中又唯一能安妥我破碎了的灵魂的这本书”。

他想不到这本书会掀起一场轩然大波；这场大波也不理会他个人精神上的苦恼和寄托。

二〇〇四年二月十一日

读《花腔》

二〇〇二年的第一天，我满脑子《花腔》。

《花腔》是李洱刚面世的长篇，把这长篇读一回，犹如从百年历史中走了一遭。只是这历史，并非通常叙述的历史，而是在这通常叙述的历史背面的历史。背面，免不了阴暗，走起来磕磕绊绊，不容易。

读尚如此，写就更不容易了。

说百年历史，是指涉及到的时间跨度；而李洱集中写的，只是围绕着一个人的生死命运而展开的各种叙述，中心事件的时间在一九四三年。但这中心事件，却像一面重重叠影的镜子，映现出从晚清一直到二十世纪结束的历史图景。

一个叫葛任的革命知识分子，是大家心目中的抗日民族英雄，因为他在与敌人的遭遇战中英勇牺牲了。事隔不到一年，却传出消息说他还活着，隐居在大荒山。这下各种力量就开始忙活起来，因为，他活不活，决不是他一个人的事。一种力量说：他当时若是就义，便是民族英雄，可如今什么都不是了，若是回来，定会以叛徒论处。“我们都是菩萨心肠啊，可为了保护他的名节，我们只能杀掉他。”甚至说，这是所有热爱葛任的人的意愿。敌对的力量想去诱使葛任投降，不成便干掉他；敌对力量中又有地下工作者，要把葛任救出来。各种线索交叉，各种力量纠缠，错综复杂，不读完全篇，理不出清晰的头绪。

围绕这一事件，有三个当事人的叙述：一个是边区的白圣韬医生，时间在一九四三年，叙述对象是军统的范继槐中将；一个是打入军统的地下工作者赵耀庆，他是一九七〇年在劳改茶场以劳改犯身份向调查组反映情况的；一个是范继槐，现在的身份是有名的法学权威，在二〇〇〇年赴大荒山为希望小学剪彩的途中，向白医生的后人讲述当年的情形。这三种叙述，不仅受制于当时他们各自的身份、性格、参与事件的程度，而且也受制于后来他们讲述这一事件的时间、环境和讲述的对象。也正是通过这样的方式，前前后后的人事和历史都映进了中心事件这面镜子中。

与这些当事人的叙述同时进行的，还有小说的叙述者“我”的叙述，以插入的形式，对三份自述中“明显的错讹、遗漏、悖谬，作出纠正、补充和梳理”。“我”的叙述引经据典，似乎要造成一种真实、客观的效果，但因多为引文，这些引文本身并非客观的声音，多种引文实为多种主观的声音，也有错、漏、谬处。况且从另外一个层次上看，这些“经典”也半真半假，虽常有所本，却多是虚构出来的。

然而，奇妙的是，虽然没有一种叙述是完全可靠的，这种种叙述结合起来，却引导我们穿过迷雾，磕磕绊绊地走向历史的真实。作者能从阴暗的历史背面走一遭，眼睛要亮，换个不好听的说法，眼光得毒。但这毒，却是从历史那儿得来的，正所谓“黑夜给了我黑色的眼睛”。

这历史的真实可够人咏叹感慨的。花腔，一种带有装饰音的咏叹调，一咏三叹；花腔，花言巧语，国人之本能也。

葛任死了，他自己不能说话，却被各种各样的声音包围着。他活着的时候想说话，想说自己的个人的话，他心中持续存在着知识分子的探究历史和个人的冲动，至死都想完成自传体长篇小说《行走的影子》，这个题目出自《麦克白》：人生恰如行走的影子，映在帷幕上的笨拙的伶人；又如痴人说梦，充满喧哗与骚动。葛任还写过一首有名的诗，叫《蚕豆花》，又叫《谁曾经是我》，也是这首诗，为他招来杀身之祸。“谁曾经是我”？这样的追问，怕不是很容易回答得清。

说到历史的真实，我这些年有一个强烈的印象，有些历史纪实的作品是很没有历史真实感的，反倒是有几部虚构的作品，尽可能地逼近历史的真实。

有甚说甚，不要花腔，《花腔》确实是一部好小说。

二〇〇二年元旦

如果文学不是“上升”的艺术，而是“下降”的艺术

——谈林白《妇女闲聊录》

一

先是在《天涯》上读到一部分，接着是《万物花开》的附录，现在，它已经完全独立、自足，它就这样，自个儿在这里了。

一开始，我们或许只是把它当成有趣的“民间语文”吧；当林白告诉我们《万物花开》的部分素材自此而来，我们就不能不考虑个人创作和民间叙述之间的关系了。林白说闲聊录和《万物花开》的关系，大概相当于泥土和植物的关系。当时我看到这句话就觉得高兴，但隐隐又有点儿嫌林白说得还不足，我在心里反驳说，闲聊录不仅是泥土，它本身同时还是植物，还是花开。我们的认识不能到这里为止：在民间的泥土上生长个人的植物和花朵；民间本身就植物繁茂，四野花开。也就是说，如果能够更彻底一些，闲聊录就不可能仅仅是“素材”，更不会只是个人创作的“附录”。

我猜想，这样的想法林白那时大概就隐约意识到了，只是还需要一个明确、清晰起来的过程。毕竟，从《一个人的战争》到《万物花开》，已经是长长的一段行程，林白还能走到哪里去？到这个时候，真是能够考验一个作家的天分、力量和勇气。长期在个人幽暗的空间里摸索、挖掘，有一天，开了一扇窗，新

的空气、阳光和可以从窗口眺望的景象，一下子带来对一个广阔世界的新鲜感受，在这个时候，一些新的因素就出现在她的文学里了。我说的考验，也就在这个时候出现了。很多作家拒绝这种考验，他们就停留在这里，你不能说他们的文学里没有活泼的生活和广阔的世界，但那样的生活和世界只是在窗边和门口感受的生活和世界，他们不会走出自己的房间。在我们的文学中，多的就是这样的窗边文学和门口文学，当然，我不否认，在这样的位置上有时候也能够感受到清新的风和视野可及的多样风景。但在这个时候，林白却被强烈诱惑着离开窗边跨过门槛走进了辽阔的世界之中，表现出性格里的彻底性。

有了这样的彻底性，才有了这样一部独立的《妇女闲聊录》。

那么，文学呢？

作家走进辽阔的生活世界，如果还一直带着文学的矜持和艺术的优越感，就不可能真正投身和融入其中。他没有对世界充分敞开，世界也不会向他充分敞开。我们说文学来源于生活，所以作家向生活世界学习，看起来是个低姿态；但我们又相信文学高于生活，所以他面对生活世界的时候不可能不带着文学的矜持和艺术的优越感。他要从生活世界中提炼出精华，把它“上升”为文学和艺术。这个根深蒂固的观念，仔细追究起来非常有意思，会暴露出很多似是而非的问题。在这里我们不能深究，但不妨换个方向思考：如果文学不是一门“上升”的艺术，而是一门“下降”的艺术呢？如果文学放弃了它面对辽阔生活世界的矜持和优越感，它会失去什么，又将得到了什么？

《妇女闲聊录》至少是一次尝试，尝试把“上升”的艺术改变为“下降”的艺术，从个人性的文学高度“下降”到辽阔的生活世界之中去。我想，这样的改变不仅对于林白本人是意义重大的，而且也深刻地触及到当代创作的某些根本性的问题。

二

马克思在《路易·波拿巴的雾月十八日》中论述复辟时代的法国农民，说:“他们无法表述自己；他们必须被别人表述。”爱德华·萨义德把这句话放在《东方学》的扉页。我在这里也借用这句话，来讨论底层表达和民间叙述的问题。

无论从压迫他们还是从解放他们的意义上，底层民众长期以来被视为没有能力表述自己，他们被称为“沉默的大多数”。沉默，不说话。

可是，他们真的不说话吗?

当“说话”这个词换成“表述”“表达”“叙述”的时候，似乎就有理由把他们描述成“沉默”的了。也就是说，虽然他们说话，可是他们的说话够不上“表述”“表达”“叙述”的程度，他们的说话不“规范”，没有太大的“意义”和“价值”。说得更直白一点，就是，他们的话不是话。

那么，谁的什么样的话才算是话?是谁怎么规定了什么样的说话才“规范”，才有“意义”和“价值”，才够格称得上是“表述”“表达”“叙述”?

关于表达的权力机制在漫长的历史中被建构起来，并且不断地被建构着、调整着、巩固着。在这一整套复杂的大系统中，文学更是通过对其“特殊性”的强调，被视为非同一般“表述”“表达”“叙述”的话语，只有少数具有特殊才能的人才可能掌握和使用这套话语。越是强调“特殊性”，它的排斥性就越强；排斥性越强，“特殊性”也就越突出。文学为什么总是喜欢讨论“什么是文学，什么不是文学”之类的问题呢？其中的一个秘密就藏在这里。

我想《妇女闲聊录》也会面临这样的问题。它打破了那种农民不会说话、只能由别人代他们说话的假设，让一个到城里打工的妇女直接开口。这一开口，就滔滔不绝，神色飞扬。她讲现实境遇、留存在个人记忆中的历史、村庄的人与事、当地的风俗和事物，散漫无际，却也像流水和风一样，浑然天成。文人作文，师法流水和风，“随时随处加以爱抚，好像水遇见可飘荡的水草要使他飘荡几下，风遇见能叫号的窍穴要使他叫号几声，可是他依然若无其事地流过去吹过去，继续他向着海以及空气稀薄处去的行程”（周作人《〈莫须有先生传〉序》）。真正能够达到这个境界的文人，恐怕少而又少；不是文人的木珍，倒庶几近之。她不是文人，不要作文；她开口说话，也并不关心“规范”“意义”和“价值”，她本就是闲聊而已。

闲聊，而且是妇女闲聊，东家长西家短，陈谷子烂芝麻，柴米油盐酱醋茶，养猪贩牛生孩子，说出来就被风吹走了；林白却把它们整理成文字，而且要让这样粗俗的东西登上文学的大雅之堂，这不是冒犯么？这当然是冒犯。把自己封闭在“特殊性”的圈子里，反刍着优越感和艺术性的文学，太需要冒犯了。如果能够冒犯出一个缺口，连通真切的生活和辽阔的世界，那就太好了。

在我有限的阅读中，我并不能举出几部当代作品来，使我能够像读《妇女闲聊录》时那样真切地贴近当代中国的农村、农民，能够真切地感受到那些以各种各样方式活着的人的心——虽然木珍们并没有直接讲述他们的心灵史。当代中国的农村，早就不是隔绝封闭的所在，一个像王榨这样小小的村落，也没有办法外在于中国整个社会急剧变化的大格局。这部看似“无所用心”的闲聊录，所包含的复杂信息并非可以等闲视之，譬如，开放了的农村在社会形态上几乎可以说是全面的溃败，从这里就能够看到形形色色光怪陆离的“现代”表现。这个问题和“大势”，在三十年代、四十年代就困扰着沈从文这样的文学家和他的文学；今天愈演愈烈的形势，明里暗里更困扰着文学，要求着文学，文学可不应该是没有知觉的、迟钝的，或者，文学不应该装作不知道存在着这样的困扰和要求。

在我有限的阅读中，我也并不能找出几部作品来，像木珍的闲聊那样朴素、自由、鲜活。木珍说话，我们没见她的样子，但从她的讲述里就看得出是眉飞色舞；当今文学的叙述，唉，如果该达到眉飞色舞的状态就能够达到眉飞色舞的状态，那我们的文学就会有魅力得多。

二〇〇四年九月二日

人人都在什么力量的支配下

——读莫言《生死疲劳》札记

一

《生死疲劳》（作家出版社，二〇〇六年）写中国农村半个世纪的翻天覆地，折腾不已，非大才如莫言者不办。以文学写历史，文学如果孱弱、驯服、低眉顺目，就只能是服侍历史。这样的服侍我们见多了。我们也见过了一些对历史使性子的，往往不过是在服侍时候的使性子，小性子而已。我们何必读这样的文学，而不直接去读历史？可叹我们也未必有多少写出这五十年生死疲劳的历史书可以一读。那文学就更不必对那些概念化的、官样化的、空洞的、没有血肉的历史叙述摧眉折腰。莫言放笔直干，让西门闹堕入六道轮回，投胎转世变驴、变牛、变猪、变狗、变猴，又变人，一而再再而三地介入和见证人间的纷纷扰扰、争争斗斗。叙述滔滔不绝，以充沛的能量，极夸张想象之能事，酣畅恣肆，穷形尽相。

二

莫言的“极写”，夸张和想象，却不离历史和生活的真实。小说的起点是西门闹土改时被杀，然后才有人畜轮回。现在的年轻人是闹不清土改是怎么回事了，历史就没给我们讲清楚。

所以会有一个学生问：土改不就是土地改革吗？还杀人哪？这个问题，让我记起以前读过的两个人当时的记录。

一个是张中晓，二十世纪九十年代出版他五六十年代写的《无梦楼随笔》，思想文化界才突然发现了这么一个“文化大革命”初期已经死去的年轻思想者。一九五一年，他贫病在绍兴乡下，给胡风写信，说到当地土改的情况。三月十五日信：“这里在土改，地主跪着，流氓背枪，当民兵，威武非凡。跪着的地主大概都是作为娱乐而跪着的。尤其是地主的女儿，非叫她跪不可。”（《无梦楼全集》，六十五页，武汉出版社，二〇〇六年）四月十四日信：“这里土改完成了。”“评议、分配等等，大致说来是公平的。”“也枪毙了一批人，其中有 ××（他是东关人）的侄子。他的妻子，是一个矮小的、萎缩的四川人，这里叫她‘拗声婆’的，孤零的在哭。这个看来是很简单、笨拙的外地人，这里的人们是将她‘另眼看待’的。现在，她带着一个刚出世的孩子，顺从地、困苦地过着日子。这是一个可怜的人，平时听说她丈夫打她，不给她钱。但当她丈夫关在牢里的时候，她天天去送饭。”（同上，七十二至七十三页）五月二十五日信：“现在枪毙人也太多，刚刚在枪毙人，其中一个只因为家中有一只破收音机。”“我知道，整个中国起了彻底的搅动；而，那些封建潜力正在疯狂的杀人。范围底广大固然史无前例，而发生的事件也是史无前例的。”（同上，七十八至七十九页）

另一个是沈从文，他随同北京的工作团到四川土改，被分配到内江县第四区烈士乡，一九五二年一月的一封家信里写道：“今天是四号，我们到一个山上糖房去，开一个五千人大会，就在那个大恶霸家糖房坪子里，把他解决了。……来开会的群众同时都还押了大群地主（约四百），用粗细绳子捆绑，有的只缚颈子牵着走，有的全绑。押地主的武装农民，男女具备，多带刀矛，露刃。有从廿里外村子押地主来的。地主多已穿得十分破烂，看不出特别处。一般比农民穿得脏破，闻有些衣服是换来的。群众大多是着蓝布衣衫，白包头，从各个山路上走来时，拉成一道极长的线，用大红旗引路，从油菜田蚕豆麦田间通过，实在是历史奇观。人人都若有一种不可理解的力量在支配，进行时代所排定的程序。”（《沈从文全集》第十九卷，二六七页，北岳文艺出版社，二〇〇二年）

“时代所排定”的这项“程序”，在莫言的小说中还只是开始。大幕揭开，好戏连台。

三

第二部第十七章“雁落人亡牛疯狂，狂言妄语即文章”，时间已是“文化大革命”初期，写的是农村集市上的游街示众、革命宣传，“打倒奸驴犯陈光第”的口号经过宣传车上四个大功率高音喇叭的放大，“成了声音的灾难，一群正在高空中飞翔的大雁，像石头一样噼里啪啦地掉下来。……集上的人疯了，拥拥挤挤，尖声嘶叫着，比一群饿疯了的狗还可怕。最先抢到大雁的人，心中大概会狂喜，但他手中的大雁随即被无数只手扯住。雁毛脱落，绒毛飞起，雁翅被撕裂了，雁腿落到一个人手里，雁头连着一段脖子被一个人撕去，并被高高举到头顶，滴沥着鲜血”。（一三三页）随后，混乱变成了混战，混战变成了武斗，被挤伤、踩死的人数多于后来有计划的武斗。

写“文化大革命”，这一段落如此下笔：写“宏大的声音”震落大雁，写大雁遭群众撕扯疯抢，写疯抢的人群互相伤害……其情其景，何种词语堪用？贪婪的、野蛮的、惊愕的、痛苦的、狰狞的、嘈杂的、凄厉的、狂喜的、血腥的、酸臭的、寒冷的、灼热的……平息之后，“原先万头攒动的集市上闪开了一条灰白的道路，道路上有一摊摊的血迹和踩得稀烂的雁尸。风过处，腥气洋溢，雁羽翻滚”。（一三三页）

再过几章写西门牛杀身成仁，人性更是不堪形容。这头牛的能力本足以反抗，却绝不反抗；不反抗也可屈服，却绝不屈服。如此就只能忍受众人的鞭抽，被另一头牛拉断鼻子，被火烧焦烧臭皮肉。惨痛酷烈，何以忍忍。牛能忍忍，人的不忍之心却荡然无存。

四

西门闹第三次投胎，转世为猪，其时人民公社正大养其猪，可谓躬逢其盛。小说的这一部写得颇有歌舞升平的气象，月光下常天红试唱《养猪记》华彩唱段，时代的景象（幻象）和意念（妄念）跃然而出：

> 第一句台词是“今夜星光灿烂”，第二句是“南风吹杏花香心潮澎湃难以安眠”，第三句是“小白我扶枝站遥望青天”，第四句是“似看到五洲四海红旗招展鲜花烂漫”，第五句是“毛主席号召全中国养猪事业大发展”，接下来

> 就连成了片：“一头猪就是一枚射向帝修反的炮弹小白我身为公猪重任在肩一定要养精蓄锐听从召唤把天下的母猪全配完……”（《生死疲劳》，三〇七页）

“草帽歌伴奏忠字舞”可谓神来之笔：公猪爬跨到母猪的背上，啦呀啦的草帽之歌轰然而起，全无妒意的母猪互相咬着尾巴，围成圆圈，在草帽之歌的伴奏下，围着交配的猪跳舞。

这头位在全猪之上的公猪，技能、力量、智慧，都不可以凡猪视之。时光推移，它逃出人的管辖，到一个沙洲上一群野猪中间称王，后来爆发一场人猪大战，流落后又独自复仇，最终勇救儿童而身亡。桩桩件件，不可以常理度之。

天下可有这样的猪？当然是小说家的夸张与想象，创造了这样一头猪。但你也别以为小说家言就全不可信，就全是无稽之谈。

如果你读过王小波的《一只特立独行的猪》，你就不会觉得莫言是瞎扯了。王小波写的可是散文，不是小说。他在云南做知青时喂过这么一头猪，已经四五岁了，长得又黑又瘦，两眼炯炯有光。“吃饱了以后，它就跳上房顶去晒太阳，或者模仿各种声音。它会学汽车响、拖拉机响，学得都很像；有时整天不见踪影，我估计它到附近的村寨里找母猪去了。”后来它学会了汽笛叫，而汽笛一叫干活的就收工回来。领导“把它定成了破坏春耕的坏分子，要对它采取专政手段”。指导员带了二十几个人，手拿五四式手枪；副指导员带了十几个人，手持看青的火枪，分两路兜捕。它却是镇定冷静，撞开个空子跑了。

“以后我在甘蔗地里还见过它一次，它长出了獠牙，还认识我，但已不容我走近了。这种冷淡使我痛心，但我也赞成它对心怀叵测的人保持距离。”（《沉默的大多数》，一六四至一六六页，中国青年出版社，一九九七年）

五

《生死疲劳》的核心当然是写人，不是写畜生。小说里那么多人物，纠缠复杂，经过那么长的时间和那么多的事件，男男女女，恩怨情仇，难解难分。这些人物，不说也罢。

唯有其中的一个，蓝脸，与众不同。他是全国唯一的单干户，试图活在时代之外。群众集体在太阳下热闹地劳动，他在月亮下孤单地侍弄他的一亩六分地。当然为了保住他的单干，他必须付出代价。月光下他的两只眼睛射出忧伤而倔强的光芒。他挥动竹竿驱赶毒蛾，用这种原始而笨拙的方式保护自己的庄稼。他死的时候埋在自己的土地里，墓穴里撒的是这块土地出产的各种粮食。

《生死疲劳》里的人物，活得多么闹腾啊。随着时代的变化，闹腾层出不穷，人生的戏剧目不暇接。小说的叙述太闹、太密、太多、太快、太曲折、太剧烈、太悲惨、太惊心动魄。这半个世纪的历史，不就是这样？这半个世纪的人心，不也是这样？

可是回过头来，看看蓝脸那一小块土地，上面排满了一座又一座的坟墓。算一算，有十几座吧。那岂不是，所有的闹腾都被土地吸收了，最终归于静默，静默连着静默？

莫言没有着意去写这个巨大的静默。但千言万语，所归何处？为什么要有这千言万语啊？只是为了热闹而热闹，为了惊心动魄而惊心动魄？在普通人的苦口婆心和佛的普度众生之间，是小说家和小说的大悲悯。这大悲悯连接起千言万语的热闹和最终巨大的静默。小说的台湾版比大陆版多出一个后记，其中莫言说："只有正视人类之恶，只有认识到自我之丑，只有描写了人类不可克服的弱点和病态人格导致的悲惨命运"，才能真正产生惊心动魄的大悲悯。（《生死疲劳》，六一一页，麦田出版公司，二〇〇六年）由此而言，书前引的话——佛说："生死疲劳，从贪欲起。少欲无为，身心自在。"——并非可有可无。

沈从文感叹"人人都若有一种不可理解的力量在支配"；莫言也有此问，并把此一问题化为长篇的叙述所要追究的核心，有心的读者当能听到，在叙述的内部回响着这样的声音：半个世纪轰轰烈烈的大戏，人人都是在什么力量的支配下上演，跌宕起伏，一个高潮接着另一个高潮？至于什么时候才能够从生死疲劳中解脱，身心自在，恐怕还是下一步的问题。

二〇〇九年五月二日

这样的文学对生活世界有一种谦逊的态度

——从迟子建的小说《草原》谈起

一

看到《草原》这个名字，我就喜欢。

这两个字指向一个苍茫、旷远的世界，对小说里的“我”，叙述故事的人，更是具有非凡的吸引力。你看他要到草原出差，意识里不自觉地出现的，就是马的意象，他要说个事，动不动就用马来比喻——

说到过去，“我毕业时，东北那些曾经无比辉煌的大工厂，正像衰朽不堪的老马一样，一匹匹地倒下”。

说到眼下，“火车是正午出发的，它向着西北方向，像一匹吃足了草的老马，缓缓地行进着”。

这两个比喻还是说心外的事，说到自己心里，说到出差赶上中秋节的心情，那比喻就见出神采了：“在我眼里，中秋节就像一匹雪青色的骏马，它落脚到草原上，才有神韵。我仿佛已经被它飘逸的棕毛给拂着脸了，满心的激动。”

三匹出现在比喻中的马，很强烈地呼唤着、预示着一匹真实的马的出现。果然，也是顺理成章，天驹出现了。然后，就会有马的主人的故事，一代代草原牧民的人生与命运，一个阔大的草原生活世界。

这是一个奇妙的过程：比喻呼唤出真实。这是在小说文本内部发生的事情；在小说文本和生活世界之间，其实也存在着这样一种呼唤的、暗示的、延续的关系。

我说我喜欢《草原》这个名字，是因为这个名字暗示着这个名字之下的作品，最终是指向比这个作品大的生活世界。

这是什么样的名字？和《边城》，和《呼兰河传》，是一类的。我倒并不是暗示迟子建有什么野心，而要说，这样的名字，隐含着一个作家的小说世界的性质，还隐含着一个作家的小说世界和一个更广阔的生活世界之间的关系。我要说我个人喜欢的，是这样的文学世界的性质，和这样的文学世界和生活世界之间的关系。

这个说起来有点复杂，只能简略地勾勒一下。文学作品，就其内在要求而言，应该具有自身的统一性，它自身就应该构成一个完整的世界；然而，从另外一个层次而言，任何文学作品自身都不是完整的，它植根于它从中诞生的更大的世界。这样一来，对于完整的理解，会产生两种倾向：西方的文学传统倾向于把要表现的内容绝对局限于作品里，作品自身就是一个完满的世界；中国的文学传统则倾向于强调作品和生活世界之间的延续、转化、声息相通，相对于作品的完整性而言，还存在着一个更大更完整的世界。

在这个问题上，我们很难辨析清楚，当代中国的文学创作和观念，究竟是在多大的程度上无意识地延续着中国文学传统的倾向，以及究竟是在什么样的程度上有意识地受到西方文学传统倾向的强烈影响。但这个不同确实可以区分两种类型的作家。

一类追求和强调作品内部的整一性，这也就意味着，如果一部作品自身就是完整的，那么它同时也是封闭的，它是自足的，不需要与它之外的世界形成关系。这种类型的作家通常相信个人的独创性，相信叙述和虚构的力量，也就是说，他们认为可以通过个人独特的创造性，通过叙述和虚构，来创造出一个独立的、纯粹的文学世界。

另外一种类型的作家则要谦卑一些，他们相信文学有其出处，这个出处并不仅仅是个人的创造性，也并不仅仅是由叙述和虚构构造而成，这个出处比他们的作品更大也更完整，我们或者可以把这个出处叫做生活世界。他们的作品和这个生活世界之间是相通的，这也就意味着，作品不是封闭式的完整，甚至可以说，相对于生活世界来说，作品永远也不可能是绝对自足式的完整的。

迟子建的文学是有出处的文学，正像沈从文、萧红的文学是有出处的文学一样。从完全自足的艺术品的意义上来说，常常会觉得他们的一些作品是不够精致的，不够完整的，那可能恰恰是因为他们的文学带着其出处的鲜明痕迹和独特气息。把原生的痕迹和气息去除干净，割断与它从中产生出来的生活世界的紧密联系，那就成了摆在博物馆里的艺术品。他们的文学，不是这样的博物馆里的纯粹的艺术品。打一个不太恰当的比喻，他们的一部部作品，可以看成是一块块矿石，粗糙，但是有质地，特别是，一块又一块的矿石之间都可以联系起来，而且共同指向一座富矿，它们的出处。从这个意义上说，既可以把他们的每一部作品看成是独立的作品，也可以把他们全部的作品看成一部大作品，是同一座富矿的出产。从《北极村童话》，到《树下》，一直到《额尔古纳河右岸》，再到眼前的《草原》，你读迟子建的小说，会自然地觉得，这就是那个作者写的小说。这就是有出处、反过来又指向那个出处的缘故。

按照道理来说，所有的文学都应该有其出处。实际却不是这样。在当代文学中，我们会看到精致的黄金制品，这种制成品的含金比例，应该比矿石高吧；但是这一件黄金制品和那一件黄金制品有什么关系，它们都是从哪里来的，完全看不出来。一件黄金制品的含金量可能会超过、甚至大大超过一块含金的矿石，但是一件黄金制品的含金量恐怕永远也比不上一座金矿。

有出处，才让人信任。

二

这就又谈到信任的问题。

迟子建是一个让人信任的作家。实际生活中我与迟子建并没有很多交往，但她的作品产生出让人信任的品质。似乎我们现在几乎不用信任这样的词来谈论作家作品，不知道这是因为信任这样的品质，无论是在实际生活中还是在文学创作中，越来越稀罕；还是因为，无论是在实际生活中还是在文学创作中，信任越来越没有用，因而也就不可能成为一个基本的评价标准和出发点。

从二十世纪八十年代以来，叙述越来越成为小说创作的焦点，怎么叙述越来越成为非常多的小说家用力的方向，差不多成了大家都很焦虑的一个事。叙述的自觉当然比叙述的蒙昧好，叙述当然是小说的一个基本问题，无论如何讲究都是应该的，甚至是必须的；但随之而来的，则是如何叙述的机心，这样那样的机心，在二十多年来的当代小说中随处可见，甚至愈演愈烈。

一有机心，即无信任。

首先是作家不相信他要写的那个东西本身即是好东西，他要加入个人的机心（个人的创造性之类）才能够使它变为好东西。也就是说，不信任感一开始就存在于写作的内部，存在于写作的过程中。

接下来，读者在阅读作品的时候，自觉或者无意识地感受到机心的存在，就产生出隔。读者看着作者在那里耍花枪，耍得高明，叫一声好，也就如此而已，信任感是没有的。说句刻薄的话，有些被叫好的作品，也就是耍花枪耍得高明的作品。当然，耍花枪耍得高明也非常不容易，对比一下那么多耍得不高明的，就应该叫好了。

作者从他个人的创造性出发，要设计他的叙述，要设计他要叙述的东西，要设计他的叙述有可能会产生什么样的反应和效果，在这个过程中，读者也被设计了。被设计的读者当然不会信任设计他的作家和作品。

中国当代文学在写作和阅读之间没有形成良性的循环，责任并不全在于读者对文学的离弃，任何时代的人都需要文学，需要他们信任的文学，而不主要是通过文学来欣赏机心，机心、聪明、眼花缭乱、所谓的个人创造性，在文学之外可以看到的太多了，何必到文学这里来看。

要使读者信任，首先作者要信任。信任什么？在沈从文、萧红、迟子建这样的作家那里，是信任他们的文学从中产生的广阔的生活世界。他们的自信来自于他们相信，相信那个大于他们个人——大于个人的创造性、大于叙述的设计——的生活世界。

他们的文学对生活世界有一种谦逊的态度。这是一种越来越不多见的品质。

二〇〇七年十月二十一日

埋在时间下面的水滴，飘在水上的灯

方方的长篇小说《水在时间之下》（上海文艺出版社，二〇〇八年）好看，三十五万字，拿起来就难以放下。不少作家都在写好看的小说，但说实在的，很多其实不好看。好看和不好看只是阅读的直接反应，可是为什么好看，为什么不好看呢？为什么你以为写得好看，其实却不好看呢？探究下去，就显出作家和作家之间的差别了。

方方在后记里说："这是一本有关尖锐的书。我在写作之前，曾经先写下这样一句话。小说写完之后，我觉得不仅如此。人世有多么复杂，人生有多么曲折，人心有多么幽微，有时候我们自己并不知道。"

尖锐，方方多年前的中篇《风景》，已经让人强烈地感受到了。方方有勇气去直刺被我们小心翼翼地包裹着，连下意识里都会去保护的东西，她会刺破那层纸给我们看。比如在这部长篇里，水上灯一出生就遭到抛弃，抛弃婴儿的母亲是被逼之下作出的无奈选择，但被逼之下的选择也是选择，如果没有选择那倒也干脆，可是分明是有选择，也就是有取有舍，方方能够让她的人物把血缘亲情，把母爱，也放到人物自己的天平上。这个有选择的境地，反倒把对人性的质问逼到了角落。

这还只不过是小说的开头，水上灯的一生才刚刚展开。人世的复杂、人生的曲折、人心的幽微，要把这些落实到具体的生命身上，落实到具体的生命过程中，才不算泛泛的感慨。而能够担负起表现这样丰富内容的生命，该是一个什么样的生命？这个生命本身应该有多么复杂、曲折、幽微？这个生命的血肉得承受什么样的煎熬和历练？这是绝大的挑战。“唉，都说平淡地过一生没有意思，可是让你复杂地过一生，你试试看？扛住人生的复杂，并不是件容易的事。”扛，就得有这个力量。

水上灯这个名字，真是美，美得有光彩，红了的汉剧名角就该叫这样的名字。这美，恰如所有名角的生活，是有些虚幻，有些缥缈的。但是水上灯不虚幻，不缥缈，她清楚自己本来叫水滴，很容易干掉，却必须得扛住人生。这样她老了的时候才可以说：结果我这滴水像是石头做的，埋在时间下面，就是不干。

水滴的力量是报复的力量，是对这个魔鬼的世界进行反击和作对的力量，而她自己也绝不是天使，天使是另一个世界的，在这个魔鬼的世界里，她跟魔鬼有着永远也扯不清的关系。“水滴知道自己走在魔鬼的包围圈里，知道她就是它们养育的，那些魔鬼的唾液就是她成长的营养。而她就是它们在人世间的替身。”

方方小说里的人物，大都不会让意识、想法、渴望只停留在心理阶段，他们一定要表现出来，化为实际的行动。他们又大都是有各种各样力量的人物，这些行动就会引发各种各样的冲突，于是就冲突不断，高潮迭起。看方方的小说，会觉得节奏很快，因为她的人物一旦上场了，带着他们的意志和力量上场了，就不会慢吞吞地踱步。

这是发生在汉口的一长串故事，一部在汉口上演的人生大戏，也许汉口人直接、强硬的性格与方方小说的叙述节奏有关？也许这样的叙述节奏与方方生活了半个世纪的武汉有关？当方方说只有她自己知道她是多么热爱她生活的这个城市的时候，方方小说的性格已然呼应着这个城市的性格了也说不定。叙述节奏只不过是其中的一个方面，但已经是很内在的方面了。

更有这样的时候，人物实际上并不清楚是被什么样的意欲和力量推着往前走，不能自已地加速奔向某个他也不知道的什么地方。叙述的速度自然也跟着加快。写到这样的程度，小说要不好看也难。

这是一部关于汉剧和汉剧艺人的书，翻开掩埋在时间之下的历史，小说家看到的，不是空洞的场景，没有血肉的材料，而是，譬如说，“在那些泛黄的纸页上，一行行黑色的唱词齐齐涌现我眼前，又呼啦啦地走进小说之中。老戏文带给我无数灵感，一些有意思的细节像春树抽枝发芽一样生长出来”。

这是多么好的写作状态啊——“像春树抽枝发芽一样生长出来”。

二〇〇九年一月三日

贩夫走卒的精神生活

我记得约二十年前，有这么一个提倡，说是文学，对强者要关心他们的灵魂，对弱者要关心他们的生存。其实有没有这个提倡，多少年以来我们的文学大致就是这么个路子。这几年的底层文学，往好里说，也是关心生存的文学。这里面有个问题是，引车卖浆者之流、贩夫走卒、农民、下岗工人、打工妹，他们就没有精神世界？心灵、精神、孤独、对话和沟通，是某些人或某类人独有的特权？

我读刘震云的《一句顶一万句》（长江文艺出版社，二〇〇九年），最深的感受有两点，其一就是他写的这些人物，卖豆腐的、剃头的、杀猪的、贩驴的、喊丧的、染布的、开饭铺的，还有提刀上路杀人的，他们的精神活动是如此饱满和剧烈，以至于影响、改变和左右着他们的生存和命运。精神活动不是生活的点缀、升华、结晶，当然更不是附庸风雅的装饰、饭后的甜点，对于这些最普通的人来说，精神活动就是生活本身的活动，就是生活，就是生存和命运。

比他们高级的人，能够把精神和生活、生存分开，他们不能。为了找到一句知心的话，或者为了诉说一句知心的话，他们在茫茫人海中、在茫茫大地上，奔走一生。高级的人会觉得夸张了吧？就是写到这个程度，才写出了真正的精神世界，写出了精神能量的生生不息，写出了精神活动的严肃和壮阔。上下两部分别叫“出延津记”“回延津记”，分别写一个杨百顺、一个牛爱国，都是固执的一根筋的人，心有所求，脚不停步，百折不回。一个人的精神生活也一样丰富复杂，一样波澜壮阔。

陀思妥耶夫斯基写普通平凡人物剧烈的精神活动，曾经遭受责难，托尔斯泰甚至也为此而批评陀思妥耶夫斯基——这是不是暴露出托尔斯泰到底还是贵族？二十世纪四十年代天才小说家路翎的创作，被向林冰等人批评，说写的是工人，衣服是工人的，面孔是工人的，而灵魂是小资产阶级的——好像是说只有小资产阶级才有灵魂和思想。路翎对胡风反驳说：“我说我的意见是，不应该从外表与外表的多来量取典型，是要从内容和其中的尖锐性来看。工农劳动者，他们的内心里面是有着各种的知识语言，不土语的，但因为羞怯，因为说出来费力，和因为这是‘上流人’的语言，所以便很少说了。我说，他们是闷在心里用这思想的，而且有时也说出来的。我曾偷听两矿工谈话，与一对矿工夫妇谈话，激昂起来，不回避的时候，他们有这些词汇的。有‘灵魂’‘心灵’‘愉快’‘苦恼’等词汇，而且还会冒出‘事实性质’等词汇，而不是只说‘事情’‘实质’的。当然，这种情况不很多，知识少当然是原因，但我，作为作者，是既承认他们有精神奴役的创伤，也承认他们精神上的奋斗，反抗这种精神奴役创伤的。”胡风便大笑了。

刘震云也注重语言，他取的方向却与路翎的语言突破方向大为不同，但根底上对普通民众繁复剧烈的精神活动的描述则是相通的，简单地说，是要写出他们“闷在心里”的“思想”，以及这种思想和精神活动与他们的经验、生存和命运不可分割的关系。路翎在中国现代文学史上是孤独的，刘震云这部作品被炒热大概不成问题，但刘震云的那些与“知识分子”相左的想法，那些贩夫走卒的精神世界，会引起多大多深的内心共鸣，就很难说了。

我读《一句顶一万句》另一个很深的感受是，刘震云写这个世界发生的事情，你以为这个事情是这样发生的，其实不是，那么是怎样发生的？要搞清楚原委，就得把这个事情重新叙述一遍。这造成了小说叙述上不断地回环往复的特性，有音乐效果。这种土里吧唧的语言叙述有音乐效果？瞎扯吧？好，不争论，继续说。“这些年杨百顺经历过许多事，知道每个事中皆有原委，每个原委之中，又拐着好几道弯。”原委又藏在哪一层哪一道弯呢？这个就不是那么容易知晓了。所以这个世界其实不是单层的，好几层，你以为的是一层，其实是另一层，另一层又那么多弯弯绕。事情的发生是有因果关系的，一环扣一环，但不知道怎么到后来，前因却可能完全不搭后果。刘震云写因果关系写得认真，一丝不苟，到后来却因不是因，果不是果。这个话题很有意思，也很大，这篇小文章里就不说了。

二〇〇九年四月四日

自有来处和去处

一九八六年，长篇小说《古船》发表，张炜三十岁。那时候就有人暗自担心，这部作品写得这么用力，这么丰满，用的材料如此得多而杂，他的经验、思想，一点也不吝惜，不知道节制，这样自然是成就了这部作品；可是以后呢？会不会这一部长篇就消耗过多，从而难以为继？这样的担心很难说一点道理没有，因为在我们现代以来的文学史上，青春时期贡献出重要作品之后，便再难以自我超越的作家，实在是太多了。

说实话，我也是暗自担心者之一。但到一九九二年，《九月寓言》一出，这种担心马上就显得多余，消失无踪。《九月寓言》的意义不仅仅在于这部长篇本身的非同凡响，还在于，当它异常充沛地呈现一个生生不息的世界的时候，它同时也异常鲜明地显示出书写者的生生不息的生命能量和文学力量。耗竭和穷尽的焦虑，大可以放下了。

二〇一〇年，《你在高原》出版，十大卷，四千五百万字。倘若没有特别丰沛的生命能量和文学力量，这样的鸿篇巨制，真是连想象一下都难。

在长篇小说家族中，出现了这么一个庞然大物，让人意外、震惊，不知道拿它怎么办。你会去读它吗？诚实地说，绝大部分人不会。它的体量就足以让人望而却步了。

体量，王安忆很喜欢用这个词，她常常惋惜一些作家，特别是一些好作家，作品的体量不够大。我记得莫言写过一篇短文，题目好像是《捍卫长篇小说的尊严》，这个尊严，首先就表现在体量上，就是说，长篇小说要足够长，它应该达到一定的字数和长度。“小长篇”这个说法，其实是一种和稀泥的说法，是一个将就的概念。

可是，现在是“微阅读”的时代啊。是把历史上的经典名著“微博”成一两句话的时代啊。《你在高原》的出现，是不是有点逆潮流而动？

《你在高原》的庞然出现，似乎要在轻巧便捷的“微文学时代”，重申小说的恢弘存在。

这一部超长时空中的各色心史，主要部分是一批五十年代生人的故事，即作家同代人的故事。一代人的生命历程，携带着丰富而驳杂的历史信息，更深刻地镌刻着与现实相迎、相撞、纠缠、搏斗而在身体上和心灵上留下的条条印痕。复杂的经验，不倦的思考，激情的探索，浪漫的想象，漫长的诉说，需要巨大的体量才能容纳，才能完成。

张炜完成这个个人的“大念”，用了二十年。这二十年，周遭的现实在发生着什么样的变化呢？举一个小例子吧，和《你在高原》无关，确又有关。因为这也是张炜的文学写作所不得不面对的一个现实，或者说是一种现实的隐喻。

张炜待在龙口这个地方，又在这个地方的一处海边建了一座书院，万松浦书院。万松浦这个名字，不是想象，是写实。海边的防风林是几十年时间慢慢栽种长成的，松树的生长非常缓慢，长成规模更是不容易。从书院穿过茂密的松林去海边，必定会在松林里碰到一些野生的小生灵。前年我去万松浦，愕然发现，防风林没有了。不仅是书院边上的防风林没有了，沿着海边漫长的走不到尽头的防风林都没有了，那些长了几十年的松树统统不见了；代之而起的，是沿着海边造起来的房子，海景房。书院周围新起的房子远远高于书院的几座三四层建筑，感觉书院被包围在一个低洼的狭小空间里。从此以后，万松浦这个名字，就没有实实在在的万棵松树和它对应了。

回头再说《你在高原》，会有人读吗？大多数人不会，但一定有人会。对于怀着写作的“大念”的作家来说，真还不是一个问题。因为，它“自有缘故，也自有来处和去处”。

“自有来处和去处”，这就好。假若读这部长卷的话，首要的，我想，就是弄明白它的“来处”。

二〇一〇年四月二十八日

第六辑

书简与照耀内心的光

冯至在《给一个青年诗人的十封信》（生活·读书·新知三联书店，一九九四年）的译序中说，“里尔克除却他诗人的天职外，还是一个永不疲倦的书简家”。这句话让我感触很深。里尔克一九二六年底去世，冯至说这句话是在一九三七年，而我想，在现在，做一个诗人是无比的艰难，比这更难的，是做一个永不疲倦的书简家。自然这似乎不太好比，但我想，当今之世，永不疲倦的书简家绝不会比诗人更多。

强调这一点有什么意义吗？我意识到它是一个象征，象征着一个时代、一个时代的人心、一个时代的人与人之间的关系缺乏了什么。从另外一个角度看，我个人所认为的“缺乏”却可能正是时代所不需要的东西。没有不需要的东西，不会有特别的感觉，不会感到“缺乏”。实际上还可能不止一个时代，还很可能就是往后所有的时代，我担心永不疲倦的书简家会随着时代的“进步”而绝种。

以后谁是书简家里尔克？以后谁是那个幸运的年轻收信人？

> 十天前我又苦恼又疲倦地离开了巴黎，到了一处广大的北方的平原，它的旷远、寂静与天空本应使我恢复健康。可是我却走入一个雨的季节，直到今天在风势不定的田野

上才闪透出光来；于是我就用这第一瞬的光明来问候你，亲爱的先生。

里尔克的信就是向那个青年诗人闪透出来的光；今天我们读到它，它也是向我们闪透出来的光，穿过几乎是一个世纪的时间，照耀在有心承受者的身上。

必须是有心承受者。因为里尔克这十封信所讲，源于人的内心，向着人的内心，其内容，也正是关于人的内心。

里尔克强调："'走向内心'，长时期不遇一人——这我们必须能够做到。"我们最需要的只是居于"广大的内心的寂寞"。这是一种什么样的寂寞呢？儿童看见成人们来来往往，匆匆忙忙，好像总是做一些了不得的大事情，可是他们到底做的什么，儿童并不懂。我们所需要的寂寞就是"这样的儿童的寂寞"。"如果一天我们洞察到他们的事务是贫乏的，他们的职业是枯僵的，跟生命没有关联，那么我们为什么不从自己世界的深处，从自己寂寞的广处，和儿童一样把它们当作一种生疏的事去观看呢？"我们不需要把一个儿童聪明的"不解"抛开，因为"成人们是无所谓的，他们的尊严没有价值"。

艺术家当然并非是拒绝成长的儿童，对外界俗务的摈弃，是为了内心的生长，这样，"你的个性将渐渐固定，你的寂寞将渐渐扩大，成为一所朦胧的住室，别人的喧扰只远远地从旁边走过"。一切都是时至才能产生，所以艺术家不计算时间，因为年月无效；他"不算，不数；像树木似的成熟"，"让每个印象与一种情感的萌芽在自身里、在暗中、在不能言说、不知不觉、个人理解所不能达到的地方完成”。

我们每个人都应该向“个人理解所不能达到的地方”敞开，人不应为自己的有知而自负，而应时时怀着无知的谦卑。里尔克在给青年诗人的第一封信里，开宗明义道：“一切事物都不是像人们要我们相信的那样可理解而又说得出的；大多数的事件是不可言传的，它们完全在一个语言从未达到过的空间；可是比一切更不可言传的是艺术品，它们是神秘的生存，它们的生命在我们无常的生命之外赓续着。”

但事实是，人对于超出自己理解界限的未知之域的态度大可检讨。视人类理解能力之外若无物，是愚蠢；对未知之域恐惧至于远而避之，是怯懦。而里尔克坚决地说道：“我们必须尽量广阔地承受我们的生存；一切，甚至闻所未闻的事物，都可能在里边存在。根本那是我们被要求的惟一的勇气……就因为许多人在这意义中是怯懦的，所以使生活受了无限的损伤；人们称作‘奇象’的那些体验、所谓‘幽灵世界’、死，以及一切同我们相关联的事物，它们都被我们日常的防御挤出生活之外，甚至我们能够接受它们的感官都枯萎了。关于‘神’，简直就不能谈论了。但是对于不可解的事物的恐惧，不仅使个人的生存更为贫乏，并且人与人的关系也因之受到限制，正如从有无限可能性的河床里捞出来，放在一块荒芜不毛的岸上。因为这不仅是一种惰性，使人间的关系极为单调而陈腐地把旧事一再重演，而且是对于任何一种不能预测、不堪胜任的新的生活的畏缩。”

向新的、陌生的事物敞开，即等于让我们的“未来”潜入我们的生命。我们必须有这样的时刻：让平素所信任的、所习惯的，都暂时离开我们，让新事物走进心房，“更好地保护它，它也就更多地成为我们自己的命运；将来有一天它‘发生’了（就是说：它从我们的生命里出来向着别人走进），我们将在最内心的地方感到我们同它亲切而接近。并且这是必要的”。

《给一个青年诗人的十封信》写于一九〇三、一九〇四、一九〇八年，我现在抄着里尔克的话，看看四周。译者冯至评说凡·高叫作《春》的一幅画，说到画中的那棵树，说它“四周是一个穷乏的世界”。好罢，还是让我们回到里尔克，听他说。我已经太饶舌了，幸运的收信人警告道：“一个伟大的人、旷百世而一遇的人说话的地方，小人物必须沉默。”

一九九四年十月十四日

收信人

一九九四年，我去武汉采访，在全国书市上买到这册小书：里尔克的《给一个青年诗人的十封信》。当时就读了一遍。后来忍不住写了一篇《书简与照耀内心的光》记下自己深刻的感动。过了几年，我把这本小书当作自己最珍爱的东西送给朋友，现在，它在哪里，已经无从问起和牵念。

我在武汉住的地方离江边不远，散步过去，骇然看到一具尸体，脸朝下卧着，苍蝇集聚。显然是被江水冲刷上来的。偶尔有人走过，不经意地看上一两眼。离尸体二三十米远，低矮的杂草丛里，有一对男女，兀自亲热。阳光很好地照下来，照在这一切之上，照在我刚刚读过的里尔克之上。我感到强烈的迷乱。

二〇〇一年十月的一天，在复旦附近一家小书店二楼的架子上，我发现了三本《给一个青年诗人的十封信》，就都买了下来。学期快要结束的时候，我在课堂上专门讲了一次这本小书。

我的学生们，正是冯至七十年前在译者序里说到的那样的青年人，“人们爱把青春比作春，这比喻是正确的。可是彼此的相似点与其说是青年人的晴朗有如春阳的明丽，倒不如从另一方面看，青年人的愁苦、青年人的生长，更像那在阴云暗淡的风里、雨里、寒里演变着的春。因为后者比前者更漫长、沉重而更有意义。我时常在任何一个青年的面前，便联想起荷兰画家凡诃（Van Gogh）一幅题作《春》的画：那幅画背景是几所矮小、狭窄的房屋，中央立着一棵桃树或杏树，杈桠的枝干上寂寞地开着几朵粉红色的花。我想，这棵树是经过了长期的风雨，如今还在忍受着春寒，四周是一个穷乏的世界，在枝干内却流动着生命的汁浆”。

青春面临着种种问题和困难，渴求帮助。可是里尔克却说，没有任何一个人能帮助你，你要独自去承担、去成就。他说：“你是这样年轻，一切都在开始，亲爱的先生，我要尽我的所能请求你，对于你心里的一切疑难要多多忍耐，要去爱这些‘问题的本身’，像是爱一间闭锁了的房屋，或是一本用别种文字写成的书。现在你不要去追求那些你还不能得到的答案，因为你还不能在生活里体验到它们。一切都要亲身生活。现在你就在这些问题里生活吧。或者，不大注意，渐渐会有那遥远的一天，你生活到了能解答这些问题的境地。”

一般的人用因袭的帮助去轻易“解决”问题，可是里尔克教我们“必须认定艰难”：“我们必须委身于艰难却是一件永不会丢开我们的信念。寂寞地生存是好的，因为寂寞是艰难的；只要是艰难的事，就使我们更有理由为它工作。”

譬如，“爱”：“爱，很好：因为爱是艰难的。以人去爱人：这也许是给与我们的最艰难、最重大的事”，所以要“去学习爱”，“去成熟”，“去完成一个世界，是为了另一个人完成一个自己的世界”。

“性”呢？“‘性’，是很难的。可是我们分内的事都很难；其实一切严肃的事都是艰难的，而一切又都是严肃的。如果你认识了这一层，并且肯这样从你自身、从你的禀性、从你的经验、你的童年、你的生命力出发，得到一种完全自己的（不是被因袭和习俗所影响的）对于‘性’的关系：那么你就不要怕你有所迷惑，或是玷污了你最好的所有。”

“身体的快感是一种官感的体验，与净洁的观赏或是一个甜美的果实放在我们舌上的净洁的感觉没有什么不同；它是我们所应得的丰富而无穷的经验，是一种对于世界的领悟，是一切领悟的丰富与光华。我们感受身体的快感并不是坏事；所不好的是：几乎一切人都错用了、浪费了这种经验，把它放在生命疲倦的地方当作刺激，当作疏散，而不当作向着顶点的聚精会神。”

如冯至所言，里尔克“论到诗和艺术，论到两性的爱，严肃和冷嘲，悲哀和怀疑，论到生活和职业的艰难——这都是青年人心理时常起伏的问题”。多年前，我第一次读里尔克的这些信时，疑惑着是否可以把自己当成幸运的收信人；多年后读这些信给学生听，心里确实把他们当成了会从这些信中获益的收信人。一九三一年的春天，冯至读到这些信，禁不住翻译出来，为的是寄给远方不懂德文的朋友。一九三八年商务印书馆出版了中译本，四十年代译者曾听说，有一位中学的教员把它当作教材讲授。我手中的这册书是生活·读书·新知三联书店一九九四年重印的，不知道它引起了多少人内心的感念。

二〇〇二年二月四日，在老家

他被阅读的大雪覆盖得异常苍白

在我迷恋的少数作家中，瓦尔特·本雅明（Walter Benjamin）是我所知有限却沉湎甚深的一位。我出第一本论文集时，书名取作《栖居与游牧之地》，以此来表达我与文学之间的关系："文学就其小而言，是我的家，是我居住的地方和逃避之所；言其大，则是空旷辽阔生机勃勃的原野，我的感受、思想、精神在这原野上自由游牧，以水草为生。"因为说的是实话，所以也不觉得难为情。后来一个偶然的机会，发现本雅明曾经表述过同样的意思，而且用的语言和意象极其相似。这是在苏珊·桑塔格（Susan Sontag）为《单向街》英译本（*One Way Street and Other Writings*）所写的序言里看到的：

> 一本书不仅是现实世界中的残简，同时也是一个自成一体的小世界。或者说，书就是对世界的缩小，读者栖居其中。在《柏林记事》中，本雅明回忆起童年时的感受："你从来不是在阅读书籍，而是住在里面，闲荡于行与行之间。"通过读书，一个孩子的胡言乱语最终变成了写作。

我不知道如果早一些时候看到了这段话，我还会不会取那样一个书名；但可以肯定的是，如果我还是取那样一个名字，我会借用这段话来表达自己的切身感受而不是直接把它呈露出来。朋友们越来越不满意我用别人的语言表达自己的方式，我无从辩驳。周作人说抄书很不容易，那是披沙拣金的工作。周作人是很自信的，可是我们怎么敢肯定自己拣出来的是金子而不是沙子呢？而且，就说自己吧，往往更感兴趣的是沙子，未必就是人见人爱的黄金。

我告诉朋友，引文给予我的是一种自身被印证、被扩充、被援手、被解救的亲密的幸福感。朋友不理解这种幸福感何所指，我就换一种说法，说引文所带来的幸福感就类似于传播谣言的快乐。本雅明不会愿意像我这样出此下策来解释，他在《单向街》“中国古董”那一则文字里，极尽耐心地说道：

> 一条乡村道路具有的力量，你徒步在上边行走和乘飞机飞过它的上空，是截然不同的。同样地，一本书的力量读一遍与抄写一遍也是不一样的。坐在飞机上的人，只能看到路是怎样穿过原野伸向天边的，而徒步跋涉的人则能体会到距离的长短，景致的千变万化。他可以自由伸展视野，仔细眺望道路的每一个转弯，犹如一个将军在前线率兵布阵。一个人誊抄一本书时，他的灵魂会深受感动；而对于一个普通的读者，他的内在自我很难被书开启，并由此产生新的向度……中国人誊抄书籍是一种无与伦比的文字传统，而书籍的抄本则是一把解开中国之谜的钥匙。

其实本雅明有一个更实质的说法：

> 我作品中的引文就像路边的强盗，手执武器跳将出来，把一个游手好闲者从自我的桎梏中解救出来。

除了赞同，我正好还有一个与这个了不起的说法恰恰相反的想法，我觉得我这个想法里的引用者别具魅力：把引文从它们的上下文环境中强行拖拉出来，使它们从上下文的限制中脱离，正如人有时也会通过某种方式从单调乏味的日常生活的束缚中脱离出来一样。这个想法不够谦恭文雅，把引用者打扮成了绿林好汉，如果用来说自己，庶几类于王婆卖瓜；如果用来指别人，大概几乎没有什么人愿意戴一顶打家劫舍的强盗帽子。话既然已经说到了这里，就索性再胡乱多加一句：钱锺书与引文之间的关系或者近乎于此。

正在对自己的想法暗自得意之际，又看到本雅明不知不觉转到了自己思想的背面——正反的想法他都占了。考虑到他的一个不同凡俗的理想，也许就不会对此感到惊讶了。可是这个理想却足够让人惊讶的，它是：写一部全部由引文构成的书。

从这个德国犹太人身上，我们可以发现阅读、引用和写作之间的同一性，而通常我们是在这之间作了清晰划分的。正像占有房子的最好办法是住在里面，占有和理解书的最好办法也是进入书的空间内，阅读、引用和写作都应该是在书的空间内进行的。本雅明曾经描述过这样的阅读情形，我们可以看作是他自己的童年经验，也是一幅特征鲜明的自画像：

> 整整一个星期你沉浸在书籍柔软的纸页里，那些文字

> 就像秘密地重重叠叠一刻不停地环绕着你飞舞的雪花，你带着无限的信任走进去。书中的静谧愈来愈深地吸引着你，而书的内容似乎无关紧要，因为阅读的时候你仍旧在床上编着自己的故事。孩子总是沿着半隐藏的途径寻找自己的道路；阅读时他甚至两手堵着耳朵。桌上的书对他来说总是太高，而且总有一只手遮在上面。对于他来讲，书中英雄的历险甚至可以在旋转的字母里呈现，就像飞舞的雪花里隐藏的人物和故事。他和正在讲述的故事里的人物呼吸着同样的空气，和他们经历着同样的生活。他与书中人物的关系要比成年读者紧密得多。他被书中人物的命运深深地感动了，那种强烈的感觉是难以用语言形容的。从床上起来时，他被阅读的大雪覆盖得异常苍白。

人们普遍自信是他们的阅读激活了书籍，是读者使书活了起来。在书虫——本雅明当然是一个代表——看来，这种说法完全不对，因为他们深知，并非书因人而活，而是他们活在书里面。我的一个朋友编了一本本雅明谈书的书，我对这个朋友提议，把这句话印在封面或扉页上——

> 他被阅读的大雪覆盖得异常苍白。

一九九七年九月八日

想象的动物

李陀说，现在一听谁又谈博尔赫斯，就烦。

李陀这几年重新反思从二十世纪八十年代逐步确立起来的“纯文学”观念，而博尔赫斯呢，从八十年代到今天，一直不断地被一批又一批作家当作“纯文学”的典范。即便是零零星星地听，李陀大概也听人谈了将近二十年吧。

我现在也不大喜欢别人和我讨论博尔赫斯。原因和李陀不大一样。我有很长一段时间的迷恋，过度迷恋之后会产生过度的疲倦和麻木；听人谈，大多也听不出什么有趣的意思来。有意思的倒是，我认识一个人，他看到年轻作家的作品，只要是他不喜欢的，不论这个作家和那个作家之间的差异有多大，他一概说，不过是学了点博尔赫斯的皮毛嘛。至于他本人是否学了点皮毛，我就不大清楚了，只知道博尔赫斯这四个字在他嘴里颠来倒去地说，奇怪的是从来没有一次把这四个字的顺序说对过。

二十世纪八十年代中后期读大学那会儿，一天晚上偶然在学校东部的小阅览室读到博尔赫斯的一个短篇，产生奇妙难言的感觉，从此迷上这个阿根廷作家。读能够找到的作品，这还不算什么，还密切注意有可能看到的有关他的文字，哪怕只是片言只语。举个例子，我查到博尔赫斯的作品译成中文竟然早在二十世纪五十年代，香港的《文艺新潮》第八期（一九五七年一月）发表了思果翻译的《剑痕》；再譬如，钱锺书先生的《七缀集》，这本书我倍感亲切，一个原因就是其中两次提到博尔赫斯，一次是在《林纾的翻译》正文里，一次是在《中国诗与中国画》的注释里。八十年代的中国先锋小说家们，还以为他们是最早读博尔赫斯的中国人呢。我那时候也不知道天高地厚，觉得《七缀集》两次提及，其中的一次在事实上不够准确，就特意在一篇小文章里纠正。一九九〇年我参加一个国际比较文学会议（后来我就知道了，所谓“国际”学术会议，就是只要有几个老外参加，就是了），分组会上宣读论文，关于中国先锋小说家接受博尔赫斯启悟的探讨。我是第一次干这种事，紧张得要命，眼睛不看人只看稿子，念完了才敢松口气。这口气一松就彻底松了，我很后悔刚刚的认真和紧张，因为没必要，这个组的人大多根本就不知道我说的那几个先锋小说家是什么人，也不知道博尔赫斯是怎么回事。

那时候从卡片箱里查到复旦图书馆有一本博尔赫斯的《想象的动物》，台湾的译本，几次动了借的念头，但直到毕业也没借。为什么呢？台湾版的书，借起来麻烦；即使阅览室的管理员帮你找出来了，你也只能待在那里看。对我来说，要在阅览室里面读完一本书几乎是不可能的。我有个坏毛病，每次到阅览室，总是在一排排书架前翻翻这本，看看那本，结果就是，几个小时过去，差不多什么都看了，跟什么都没看也差不多。知道有这么一本《想象的动物》而没有读，就成了一件心事。这当然是一件很小的心事，装在心里却也有十多年了。

没想到今年在韩国碰到了这本书，帮我打发了一些无聊的时光。我在徐贞姬教授的研究室里发现了这本小书。徐贞姬教授年轻时在辅仁读硕士、在台大读博士，她书架上有很多台湾版的书，也就是很自然的事了。博尔赫斯在前言里说："有一种书是既消遣又广闻，本书所集，旨在给予读者这样的乐趣与益处，也希望读者在友人的书架上搜奇拾异之余，能满足诸君偏深知识参考之愿望。"我没有"偏深知识参考之愿望"，但对于他那种多"从中世纪拉丁文、法文、德文、意大利文以及西班牙文原文"征引资料作为编撰根据的方法，却是不能不叹服。

这本书一九五七年印行于墨西哥，书名为《想象动物手册》（*Manual de zoologia fantástica*），一九六七年第二版改为《想象的动物》（*The Book of Imaginary Beings*），增补了一些内容，印行于布宜诺斯艾里斯，为英文本。台湾的译本是志文出版社一九七九年出的，译者杨耐冬，依据的是一九七四年的英文本，内容有一百一十七条。

翻开这本书，就好像是进入了一个神话动物园，你看到的是希奇古怪的动物，狮身人面的斯芬克斯、半狮半鹰的希洛多塔斯、半人半马的辛托、一百个头的怪物、散发着芬芳气味的豹子、歌声有着致命迷惑力的海妖塞壬、住在镜子里的鱼、住在火里并且以火为食的蝾螈、能发出人的叫声并且使听到的人发狂的曼佗罗花，甚至于，形而上的动物。按照博尔赫斯的说法，神话动物园的动物比真实动物园的动物要多得多，因为这些动物，其中多为妖怪，是真实动物的各部分肢体的任意组合，而这种排列组合几乎是无穷无尽的。不仅是过去的人这样想象动物，现在的人也这样想象。前几天一个朋友转发给我一些图片，名字叫“如果它们相爱”，就是假设一种动物和另一种动物交配繁殖，生出来的就是些你从没见过的怪东西——现在轻易就可以用电脑合成出怪物的形象。

柏拉图认定造物主所造的世界是球形的，而且是活着的生命体；他还由此狂想动物世界有许多球体动物。尼罗河口的一位神父告诉信徒，球体的生命可以复活，并且能够滚着进入天堂。“文艺复兴时期，《伐尼尼》书中所记，天堂是个动物；新柏拉图主义者费西诺说，地球有毛发、牙齿和骨骼；布朗诺能感受到行星是些平和安静的大动物，有热血，有正常的习惯，并且有理性。十七世纪初期，德国天文学家基普勒（现译开普勒）与英国神秘主义者罗柏特·佛拉德（现译罗伯特·弗拉德）争吵着说，是他们中哪个先产生了那个观念——认为地球是个活妖怪，地球‘像鲸鱼那样喷着气，睡了又醒，醒了又睡，有退潮，又有海流’。基普勒孜孜研究，认为这个怪物有骸体，有饮食习惯，有颜色，有记忆，且有想像能力和有形的才干。”

而在另外的想象里，上帝创造了地球，地球却没有根基，因此就在地球下面造了一位天使；这位天使没有立脚的地方，就在天使脚下造了红宝石岩；红宝石岩没有托盘，就在底下造了一只公牛，这只公牛有四千只眼、四千只耳朵、四千个鼻孔、四千张嘴、四千条舌头和四千只脚。可是，这只公牛还是没有落脚的地方，因此在公牛的底下造了一条名叫巴哈马特的鱼，在鱼的底下放置了水，在水的底下是一片黑暗。在黑暗面前，人们就一无所知了。

这使我想起好几年以前我看到的一部建筑学的博士论文，

这部论文的作者设想未来的人类建筑，都是建在一只牛角之上。他的全部论述从这个出发点展开。论文的首页是诗；翻过来是构想示意图，在这个示意图中，这只牛和牛角占了突出的位置；接下去是正文。后来一直想知道这部论文是否通过了答辩，作者是个怎样的人，但都无从打听了。

不过绝大部分想象的动物与宇宙结构这样巨大的思考没有多大关系。所以产生想象的动物，是因为人需要这样的想象；宇宙的基本构成也是人的一种想象需要，但更多的想象需要安排在世俗平常的人间。

本来有的动物具有人一样的说话天赋，可是很久以前，一位南非丛林人霍其冈，非常憎恨会说话的动物，有一天，他偷走了它们说话的天赋后就不见了。从此，动物就不再能够说话。

上面提到会发出人的叫声的曼佗罗花，这是一种植物性动物，或者说，是动植物的整和体。这样的整和体非常少见，在鞑靼地方有一种植物羊，叫巴洛米兹，颇使人惊奇不解。另外见诸文字的还有某人的某个梦，他梦见有这么一棵树，吞食它枝上的鸟巢，当春天来临时，树上长出的不是树叶，而是羽毛。

在我所读过的书中，印象甚深的动物，一想就会想到路易思·卡洛尔在《阿丽斯漫游奇境记》里写的英国柴郡的猫。我很高兴看到博尔赫斯也专门谈到这种笑面猫，卡洛尔给这种猫一种才能，慢慢隐藏起面孔，却剩下了笑容。请看赵元任先生的译笔，一九二二年商务印书馆的版本：

这一回它就慢慢地不见，从尾巴尖起，一点一点地没有，一直到头上的笑脸最后没有。那个笑脸留了好一会儿才没有。

阿丽斯想道，“这个！有猫不笑，我到是常看过的，可是有了笑没有猫，这倒是我生平从来没看见过的奇怪东西！”

还有一种绝命猫，据说它们先是互相愤怒格斗，而后互相噬咬、吞食，直到最后两败俱亡、只剩下两条尾巴为止。

博尔赫斯不能直接阅读东方语文，但他还是参考转引了不少这方面的资料。他谈到中国的狐狸、龙、凤凰、独角兽等等。中国的独角兽是麒麟，他从玛戈里斯的《中国文学类纂》（一九四八年）里转引了韩愈的《获麟解》：

麟之为灵昭昭也，咏于诗，书于春秋，杂出于传记百家之书，虽妇人小子皆知其为祥也。然麟之为物，不畜于家，不恒有于天下，其为形也不类，非若马、牛、犬、豕、豺、狼、麋、鹿然。然则，虽有麟，不可知其为麟也。角者，吾知其为牛；鬣者，吾知其为马；犬、豕、豺、狼、麋、鹿，吾知其为犬、豕、豺、狼、麋、鹿。惟麟也不可知，不可知则其谓之不祥也亦宜。虽然麟之出必有圣人在乎位，麟为圣人出也；圣人者必知麟，麟之果不为不祥也。又曰，麟之所以为麟者，以德不以形，若麟之出不待圣人，则谓之不祥也亦宜。

在另外的地方，不是在这本《想象的动物》里，博尔赫斯引用某部中国百科全书谈动物的分类，可分为：（1）属皇帝所有；（2）有芬芳的香味；（3）驯顺的；（4）乳猪；（5）鳗螈；（6）传说中的；（7）自由走动的狗；（8）包括在目前分类中的；（9）发疯似地烦躁不安的；（10）数不清的；（11）浑身有十分精致的骆驼毛刷的毛；（12）等等；（13）刚刚打破水罐的；（14）远看像苍蝇的。这个令人惊奇的分类让福柯大笑了好长时间。福柯的名著《词与物》的前言是这样开篇的："博尔赫斯作品的一段落，是本书的诞生地。本书诞生于阅读这个段落时发出的笑声，这种笑声动摇了我的思想（我们的思想）所有熟悉的东西……"

关于这个分类和福柯，我十多年前的短文里引述过，现在根据新出不久的《词与物》中文译本重引一遍，说明我实在没什么进步。认识到这一点，我也就知道了，以后关于博尔赫斯，我实在不要再写什么了。就以这篇短文作为我青春时代迷恋的纪念。

二〇〇二年十一月三十日

真的天方夜谭的乐趣

一九九五年春节前后，我在开封读了一册《爱因斯坦与相对论》。读完后，我把这本书送给了一个上初中的小朋友。

这个书名会把很多人吓住。我庆幸我没有，而是打开了它。读起来才发现它写得平易、简洁、有趣，它是一本爱因斯坦的传记，采取的笔调和口吻一下子就唤起了人的亲近感，特别适合青少年阅读。

书送走后就开始了不断地怀念。确切地说，是因为书中的一个情景而怀念这本书。这个情景写的是爱因斯坦十三岁时读《纯粹理性批判》。康德这部伟大的著作，究竟有多少人读得懂呢？十三岁的孩子读这样的著作，有点儿天方夜谭。可是天方夜谭是迷人的。而且这天方夜谭是真的。你想想吧。真正让我着迷的还不是天才爱因斯坦是否读懂了这本书，而是，他从这本书中得到了很大的“乐趣”。

就因为这种天方夜谭的乐趣，我怀念着这本书，很想重新买到它。过了七年——这七年中有多少次为它而在书店里流连——前天，终于在复旦新开张的一家书店的角落里找到了它。我翻到那一页，印证它留给我的印象是否准确。这几段文字是这样的——

马克思看到艾伯特如此迅速地贪读他带来的书籍［马

克思即马克思·塔尔梅（Max Talmey），一位年轻医科大学生。见该书第 27 页，艾伯特即阿尔伯特·爱因斯坦，编者注］，就决定带来一些较艰深的书籍向这个孩子挑战。在艾伯特十三岁的时候，一天，马克思在午餐时给他一本的确非常难懂的书，那是由德国哲学家康德撰写的《纯粹理性批判》（ *The Critique of Pure Reason* ），甚至书名读起来也是深沉可怕的，它绝不是大多数十三岁的孩子所能读懂的那类书。

然而，艾伯特与同龄的大多数孩子不一样，他立即钻进这本深奥的书中，并在阅读中体会到很大的乐趣。一天晚上，赫尔曼（即赫尔曼·爱因斯坦，阿尔伯特·爱因斯坦的父亲。编者注）走进儿子的房间，发现他伏在书旁睡得很香。赫尔曼拿起艾伯特摊开在书桌上的那本书，这正是《纯粹理性批判》。赫尔曼看了那段显然使得儿子入睡的文字，它是这样说的：

可以看出，时间是一切现象之先验的形式条件，而不论这种现象究竟是什么样的。相反，空间只是外部现象之先验的形式条件。一切表象，不论它们有无外界事物作为客观对象，都是心的决断。而且，确切地说，它们是属于我们的内在状态。因此，它们必定都受到内在感觉或直觉的形式条件，即时间的制约。

赫尔曼合上这本书，摸摸前额，俯下身来看艾伯特，艾伯特坐着睡了，两臂在桌上支撑着头：他第一次想到儿子有点不同寻常。

这本书其实只是一本薄薄的小册子，一个叫罗伯特·克威利克（Robert　Cwiklik）的美国人写的，赵文华译，“商务新知译丛”中的一种，商务印书馆一九九四年版，我再买到的是一九九九年印刷的。手边放着这本书，我的怀念安稳了。

二〇〇二年一月二十八日

读斯泰因自传时的迷离之感

读格特鲁德·斯泰因的自传，从头到尾都会持续着一种奇异的迷离之感。你知道，这本自传名叫《艾丽斯·B·托克拉斯自传》，艾丽斯是斯泰因的助手和终身伴侣。你想想看，当书中出现“我”这个字眼的时候，要是你忘记了这本书的作者，它就是艾丽斯在说她自己；而这是很难做到的——你很难忘记这是了不起的女人斯泰因写的。如果仅此而已还好办，你就区别一下 writer 和 speaker 就可以了，前者在文本之外，后者在文本之内。但是不行。因为这不是斯泰因借艾丽斯之口讲别的事，而是讲她自己，所以文中最常出现的词除了“我”之外，再就是“斯泰因”，而本意是讲斯泰因的。这个被讲的斯泰因，是斯泰因自己通过艾丽斯讲的，这和斯泰因直接讲自己，和艾丽斯直接讲斯泰因，到底是不同的，迷离感就这样产生了。

在自传的第一章，叙述者说：“我一生只有三次见过天才，每次都在我心中激起了反响，每次我都没有看错，我可以这样说，都是在他们身上的天才品位没有得到公认之前。我想说的这三位天才就是格特鲁德·斯泰因，巴勃罗·毕加索和阿弗雷德·怀特海。”我们确实没法弄清，这到底是不是艾丽斯第一次见到斯泰因时就产生的想法，还是斯泰因自己把自己和一位大画家、一位大哲学家并列为三个一流的天才。你现在知道，斯泰因的这种自我估价一点也不过分。

自传结束的时候，作者才交代这种写作是怎么回事，可是这个交代本身也是迷离的。平常斯泰因常劝艾丽斯写自传，“大约六个星期前格特鲁德·斯泰因说，我看你没打算写那本自传。你知道我会怎么干。我替你写。我要把这自传写得跟笛福的《鲁宾逊·克鲁索》(即《鲁滨逊漂流记》——编者注)一样明白易懂。她写了。这本自传就是”。

噢，我忘了，我应该先说说什么叫迷离的感觉。你千万别误会，别一听到斯泰因这个名字就把我这里说的迷离和晦涩混到了一块儿。至少这本自传一点也不晦涩。迷离是一种奇异的美妙体验(当然晦涩有时候也是)，在这里，迷离之感是这样的：你明明清楚是怎么一回事（以此与晦涩相区别），可它在你的感觉里就是不特别清楚；你忍不住想弄得特别清楚，可是你同时也知道那是不可能的。因为不可能，所以你体会到一种奇异的美妙。你喜欢这种状态。

迷离之感还与一种能够体验却不能充分深入的状态有关。这本自传就处于这样一种状态。你知道斯泰因在巴黎的那么多年，她身边环绕着的大都是些星斗般的人物，当然他们也是后来才被当成星斗的，当年他们不过二十三岁或者二十六岁。这本自传就是由这样一些人物的名字组成的，毕加索、马蒂斯、阿波利奈尔、T·S·艾略特、海明威……这样的名字太多了，多到构成了这么一本书。他们的认识、拜访、进餐、闲谈、矛盾等等，就是这些构成了这本自传。每个声名赫赫的人物在这本书里就像走马灯似的——这是多么奢华啊。这种奢华的状态产生迷离之感，就像流水的盛宴。我想起来了，海明威有一本回忆巴黎生活的书，名字就叫《流动的圣节》。迷离之感大概就是这个名字给你的感觉吧。

爱德蒙·威尔逊在他的那本名著《阿克塞尔的城堡》里，讲斯泰因的一章开头就提到，心理学家威廉·詹姆斯教授认为斯泰因是他教过的最出色的女学生。在这本自传里，我们知道斯泰因小姐是怎样通过詹姆斯课程的期终考试的。她在考卷上端写道，亲爱的詹姆斯教授，我十分抱歉但确实不想做今天的哲学考卷。然后离去。第二天他收到詹姆斯教授的明信片，说，亲爱的斯泰因小姐，我完全理解你的感受如何，我自己也常有此感。下面说他给了她这门课的最高分。

后来斯泰因把《三个女人》送给威廉·詹姆斯，詹姆斯在书页空白处还作了注解。可是这本自传没有告诉我们詹姆斯的注解是什么，也没有告诉我们斯泰因看了这些注解的想法。本来嘛，这本书就是处在不能充分深入的迷离状态。

斯泰因和舍伍德·安德森在一起的时候，特别喜欢谈海明威这一话题。“海明威是他们两人塑造的，他们两人为他们的这件心智之作既感到有几分得意又觉得有些惭愧。”他们都认为海明威胆小，也一致认为他们喜欢海明威是因为他是个挺好的学生。“他是个很糟糕的学生，我反对说。你就不明白了，他们都说，有个做学生而不知道是在做学生的人当学生是使人喜欢的……他们都承认这是一种偏爱。”可是在这本迷离的自传里，人们津津乐道的一句斯泰因对海明威说过的话却提也没提，你知道，这句话被写到了文学史上：你们是迷惘的一代。

一九九七年五月一日

“嗯，是不错。”

——把 E·B·怀特书信集当作他的自传来读

一、“最美的决定”

E·B·怀特（一八九九——一九八五）书信集中文版有个名字，叫《最美的决定》（张琼、张冲译，上海译文出版社，二〇〇九年），这个书名取自一九二九年怀特结婚后放在妻子办公桌上的便笺，写的是：“E·B·怀特渐渐习惯了这样想：他做了此生最美的决定。”

妻子凯瑟琳是《纽约客》的小说编辑，比怀特大好几岁，有九年的婚姻和两个孩子。怀特从一本旧的《纽约客》上剪下雷·欧文的画，与画相配的是爱因斯坦的一句话：“人们渐渐习惯了这样想，即空间自身的物理状态就是最终的物理现实。”爱因斯坦的话被怀特换成了自己的话；他还在给妻子的信里说：“这个婚姻是一次巨大的挑战，每个人都祝我们幸福，可那都是虚情假意的。”不过，“渐渐地，像雷·欧文那幅画中的爱因斯坦所说，人们会渐渐习惯诸如此类等等的观点。”

几年前，怀特第一次在《纽约客》的办公室露面时，他就注意到向他致意的凯瑟琳，“她长着一头浓密的黑发（一头卷发）”；更让他印象深刻的，是她那种让一个初出茅庐的年轻作者感觉轻松自在的本领。他后来回忆道：“我静静地坐在那里，凝视着我未来妻子标致的容貌，像往常一样，对自己的举动毫无知觉。”

吸引力是奇妙的东西，没有多少人能清楚地知道它藏在哪里，会在什么时候产生什么样的作用。新婚不久，怀特说过这样的事情：“我很快就感到自己没有选错妻子。一天下午，我帮她打点过夜行李，她对我说，‘再放些牙绳’。我立刻明白，一个管洁牙线叫牙绳的女子准定是我的妻子。为找到她，我寻觅了好久，不过很是值得。”

一九七七年，凯瑟琳去世，怀特一下子陷入困境。“我目前的生活十分艰难，除了要努力从失去共同生活了四十八年的妻子的伤痛中恢复过来，还得处理她的财物。”所说的处理财物，主要就是按凯瑟琳的遗嘱把大量的书籍和文学资料分送给几个图书馆和大学。“这番劳作耗时费力，而且令人伤感；此刻，我徜徉在这方旧宅中，凝望着空荡荡的书架，一段段回忆挥之不去。”

一九七八年，怀特获得普利策奖，在回复友人的信中，他写道：“没错，凯瑟琳当然会为我获得普利策奖感到高兴，可没有她，生活对我已无甚意义，无论得奖与否。她就是我这一生中最大的奖励，我竟能获此大奖，早已心存敬畏。我发现，没有她，生活变得十分艰难，这倒不仅是因为她在许多事情上给了我实实在在的帮助，还因为她使我无论白天黑夜都感到安定，而现在，我整天觉得飘摇不定，心里一团乱麻。我好像无法跟上日常生活的节奏，也无法处理邮箱里的物件。”

二、“每周布道”

一九二五年二月，《纽约客》创刊；九周后，怀特的文章第一次出现在这份杂志上。当时有谁能够预想，开了这个头，后来会怎样？

后来，怀特为《纽约客》撰写了一千八百多篇文章。

《纽约客》的创办人哈罗德·罗斯邀请怀特加入杂志，写“时闻杂谈”，他成了这个栏目的主要撰稿人，一写就写了五十六年，直到八十三岁高龄，不能再写为止。

为《纽约客》撰稿和做编辑工作，怀特胜任，但并不总是愉快。粗略地说，他给《纽约客》的稿件大致可以分为两类：一类是他作为一个自由撰稿人写的，写什么，什么时候写，怎么写，那主要是他个人的事，杂志可以用也可以不用，这种情况比较简单；另一类，是他作为杂志的一员而写的，这种撰稿主要是工作而不完全是个人性的写作，当然有个人的色彩和特性（否则罗斯为什么要特别青睐怀特呢？），但这个个人常常是“匿名”的，常常不得不服从于工作的性质和要求。这就比较麻烦。有时，怀特会把他每周按时交出的稿子称为“每周布道”。

一九二九年七月，他从安大略的一个露营地向罗斯抱怨说：“由于事实上《纽约客》已让我日趋乖戾暴躁，我避得越远越好。我很佩服您那超乎寻常的本领，竟然能忍受——事实上是应付我对《纽约客》多少怀有的报复心，以及三番五次开溜的狡猾习惯……除了比不上您本人，或许还有其他一两个人，我对您这本杂志的珍爱大概不比任何人少。只是，对我来说，它并不是我的整个人生，这也是我为什么要回到一九二〇至一九二一年夏天自己曾经工作的地方，并感到如此快乐的原因之一。”

这样的情绪，在漫长的撰稿生涯中会间歇性地发作。一九三七年三月，怀特给他哥哥的信中说：“到了夏天，我打算离开《纽约客》，至少离开一年时间，类似休年假性质的，而且我对此心怀期盼与喜悦。我想知道，能不怀着编辑的焦虑心情和劳作让一周时间泰然经过，会让人有怎样的感觉。没等思想成形就非得将它们写下来，这太可怕了，而且我还持续不断地做了那么久。所以，到夏末我就停下工作，让自己投身于休闲的腐朽和精神的逆流中。”

一九三八年到一九四二年间，怀特应邀给《哈泼》杂志写每月个人专栏，起了个名字叫 *One Man's Meat*。他给罗斯写信解释此事：“从你的信中，我得知你并不明白我干吗要每个月为《哈泼》而不是为《纽约客》写上同样数量的两千五百字。其中有一些原委。其一，在类似 N&C 这样的栏目里，主题和自我表达的方式受到一定限制，为此工作十年之后，这活就变得令人生畏，有时还让人觉得压抑；在一个特约专栏里，就可以用‘我’而不是‘我们’，可以涉及新的领域，而到了我这个阶段，这就很必要了。另外，每月一次的栏目让我有三周的自由时间，可以用来进行耗时颇久的工作，例如用木瓦给粮仓盖屋顶，或是研磨思索曾经的某个想法。我需要这种间歇，期间我不必为发表硬是写点什么。从 N&C 中我无法获得这种自由，因为它们风雨无阻每周五都要刊出。”

用复数第一人称“我们”来写，但这个“我们”是谁呢？

对这个匿名的"我们"，怀特屡屡牢骚。一九五四年出版的作品集《从街角数起的第二棵树》（孙仲旭译，上海译文出版社，二〇〇八年）序言里，又老话重提："有三组文章，读者看到的是原发表于《纽约客》杂志'且评且记'栏目的笔记选，这些当然是用第一人称复数表达的，这种做法在报章杂志上屡见不鲜，也是愚蠢之举。我不知道这种社论式的'我们'源自何处，不过我认为最早使用时，肯定是表达全体或者某一机构共有的意见，但是很快，负责表达这种意见的个人将基本职责忘到脑后，开始谈论起自己，兜售起个人偏见来，却抱着'我们'不肯放手，因此给别人一种印象，即这种东西是由长得一摸一样的双胞胎或者表演翻筋斗的一群人所写。我对此完全无能为力，建议读者也别当回事。"

"我们"所谈，有极大的事也有极小的事，有些时过境迁可能没有多大看头了，有些就是到今天也仍然不失其意味。我从上面说到的《从街角数起的第二棵树》里随意选一篇（我挑这篇的最大理由是字数少，可以抄在这里），题为《暂时》，不妨一读：

> 在龟湾一带一块块补丁似的小花园里，五六片枫叶让秋天带上了刺鼻的味道。几天前的一个上午，一只画眉鸟出现在这里，我们在窗前看着它，褐色，不期而至，正在探索那片林子，蘸一下喷泉。这种来访，给一个城里人带来了独特的满足感；如果我们是在乡下发现的它，欢乐只会有这次的一半。城市是人们喜欢以片剂状、浓缩的方式

> 过日子的地方：一片森林减少至一棵树，一个湖泊蒸馏成一个喷泉，在空中飞行的所有鸟类，体现到暂时飞进某个小花园的一只画眉身上。

这篇短文里虽然出现了两次“我们”，其实却是一个非常怀特的“我”在观察，在思想，在表达。我读到城市人片剂状、浓缩式的生活，马上联想到的是，二十一世纪上海小学二年级的语文课本（或者是类似课本的语文书，记不清了）里的一篇课文：爸爸带着儿子，给楼下一小块空地里的那棵小树浇水，说，这棵小树将来会变成一片森林。瞧，“一片森林减少至一棵树”，虽然是倒过来说，实质还是那么回事。我看着学习这篇课文的儿子，真是感受复杂。

一九八二年，怀特因视力严重衰退而不得不放弃“时闻杂谈”时，抱怨与牢骚早已消散或者化为美好的记忆：“我每周写时评，已经写了五十六年。眼睛已经无法胜任。我会怀念‘时闻杂谈’的，并不是因为这有什么了不起，而是因为它让我产生一种幻觉，觉得自己在工作上积极投入，且颇有收获。就写作本身来说，写‘时闻杂谈’并未占去我太多精力，反倒成了一种寄托，让我熬过难受的早晨，并安定或稳定自己的情绪。我还能为此不断地从《纽约客》领到工资，真是裨益颇多。”

三、三本童话

大约在二十世纪三十年代头几年的某个晚上，怀特做了一个梦，梦见一个有点老鼠的性格和外表特征的小孩。这让他产生了为孩子们写一本书的冲动。但这本书很多年一直处于酝酿状态。一九三九年，他把未完的手稿寄给哈泼的尤金·萨克斯顿，信中说：“我得冒着被人视为确实很古怪的危险，向你袒露并承认，小斯图尔特在我梦中完整出现过，他戴着帽子，拿着棍子，一幅活泼敏捷的样子。因为他是唯一一个给我的睡眠带来荣耀和干扰的小说人物，我被他深深打动了，觉得自己无权随意把他变成蚱蜢或小袋鼠。”

这本还在写作中的童话引来了很多关心，也一同带来了压力。“为了斯图尔特，我妻子也一直对我唠唠叨叨；事实上，我今天告诉她，说她该消停消停，因为把我逼得太急了。”哈泼准备在一九三九年秋季出版，可怀特坚持，“一切要取决于最终成果能否让我满意。我宁肯等上一年也不愿出一本糟糕的儿童读物，因为我非常尊重孩子”。他给萨克斯顿写信说，“难题之一是要找到一位满意的插图画家，不知道你对此有何想法。他得喜欢老鼠和人，而且对他们的希望、快乐、失望等等要多少了解一些”。

最有意思的是纽约公共图书馆的儿童书籍管理员安妮·卡罗尔·穆尔，她是儿童文学界的权威，也是怀特文章的欣赏者，她听说怀特在为孩子们写书，急切地写信表达欣喜。怀特回复说：“我对儿童作品很有顾虑，因为很容易陷入一种廉价的异想天开或狡黠之中。对此危险尝试，我不太有自信，除非我正在发烧。”在另一封回信里，怀特又说：“我本质上并不是富有想象力的人，对自己能否写出真正让孩子爱读的书并不抱奢望。”

热心的安妮·穆尔一直等到一九四五年，才设法弄到这本书的长条校样，先睹为快。可是，与她想象的完全相反，她读后的感受是，“我此生还从未对一本书感到如此失望过”。她给凯瑟琳写了一封长达十四页的信，强烈地恳请她劝说怀特放弃该书的出版。凯瑟琳告诉她，这本书写的是一个梦，就像爱丽丝曾经做过的梦一样；怀特经过了十二年，才把这个梦清晰地记录了下来。

怀特的第一本儿童文学作品终于在这一年出版了，它就是《精灵鼠小弟》。

书出版后的很多年里，一直有读者来信问到书的结局，问到小斯图尔特最终有没有找到玛加洛。“我没有在书中给出答案，因为从某种角度说，斯图尔特的旅行象征着每个人都在行进的旅程，大家都在寻找着完美和无法企及的东西。这个想法也许太难懂，不该摆在儿童读物中，但我还是这么做了。”

二〇〇六年秋天，我在芝加哥大学附近的一家旧书店里寻找怀特的旧书，书店老板从锁着的橱柜里拿出《精灵鼠小弟》的初版本，要以二百五十美元的价格卖给我。我说太贵了；他也承认，又把书锁进了橱柜。我当时想到的是，让在美国的陈子善教授来为该版本花这个钱吧。我转身到不远的另一家书店，买了一本不知道是多少次重印的平装小本，六美元。

《精灵鼠小弟》的成功，激励怀特又致力于第二部儿童文学作品的创作，一九五二年，《夏洛的网》出版。怀特与哈泼签订出版合同时，提出每年从该书领取的版税最高限额为七千五百美元。事实证明，他对这本书的收益太没有想象力了。《夏洛的网》的销售量自出版以来一直稳步攀升，到现在总量为一千几百万册。“余下的钱，就由哈泼替我保管着，没准就存放在哪双袜子里。”书出版十年之后，怀特给此书的编辑写信说，多余的钱可以留给孙辈，至于自己，“我就是那个数到七千五百美元就封顶的男孩……唉，我有点像罗斯所说的警察，我无法想象任何超过七千五百美元的数字。对我来说，世界上的钱就这么多，而且已经用不完了”。

《夏洛的网》创作灵感来自怀特在北布鲁克林农场的日常生活。一九三三年，怀特夫妇在缅因州北布鲁克林买了一处四十公顷的农场，从此他们的生活就在纽约和这个农场之间游走。大致说来，“我前半生大部分时间住在城市，后半生大部分时间居于乡间。”（《E·B·怀特随笔》前言）怀特在自己的农场饲养了很多动物，“有一天，我拎着满溢的猪饲料桶穿过果园，《夏洛的网》的创作念头出现了。当时我正打算写一本关于动物的儿童作品，我也需要一种保存小猪生命的办法，而且还在后屋里见过一只大蜘蛛，如此这般的，念头就来了”。

他给某校五年级一个班的小朋友回信，描述了他和动物们的亲密关系：“我真的有一个农场，在海边。我的谷仓又大又冷，我还养了十只羊、十八只母鸡、一只母鹅、一只公鹅、一头小公牛、一只老鼠、一只花栗鼠，还有很多蜘蛛。在谷仓附近的树林里，还有红松鼠、乌鸦、画眉鸟、猫头鹰、豪猪、美洲旱獭、狐狸、兔子、小鹿。在牧场的池塘里有青蛙、蝌蚪、真螈。有时候，会有巨大的蓝苍鹭到池边来抓青蛙。在海岸边还有矶鹞、鸥鸟，以及翠鸟等。低潮时，泥地里有蛤蜊。有七头海豹生活在附近的岩石和海水里，我划船时，它们会游到我船边来。家燕就在谷仓上筑巢，我车库下面还住着一只臭鼬呢。”

《夏洛的网》出版十八年之后，一九七〇年，《吹小号的天鹅》问世。

怀特一生只写了这三部儿童文学作品，三部都成了经典。

回想二十世纪八十年代末九十年代初期，在中国上海，一个叫南区的研究生宿舍区，不知怎么开始的，一群早已不是孩子、却还没有完全变为社会化的成人的男生、女生中间，悄悄流行起阅读和谈论《夏洛的网》；我甚至异想天开，以为可以把它改写成武侠小说（要是怀特地下有知，一定捶胸顿足还不足以表达其愤怒）。又过了若干年，严锋兄在《万象》发表脍炙人口的《好书》，宣称理想的世界应该只有两种人存在，一种是读过《夏洛的网》的人，另一种是将要读《夏洛的网》的人。而他是在一九七九年第一次读过之后，反复阅读此书。严锋兄还说《夏洛的网》是好人之间联络的暗号；把这个说法改得平庸一点，可以是，某一类人之间联络的暗号。

四、“嗯，是不错。”

这篇文章写到这里还没有好好谈谈怀特的随笔，而他被认为是二十世纪美国“最受爱戴”的随笔作家。对于这类美誉，怀特多次说：我是一个老派的广告人，“最受爱戴”远不如“最受憎恨”更有吸引力。他曾给出版商写信，说到某本书勒口上的文字，他妻子加上的那句“最重要的随笔作家之一”，是句“玩笑话”，“她提高嗓音就是为了壮胆”。

我觉得关于怀特的随笔，说得最准确的还是他自己的话，是在给他哥哥斯坦利的信中："很早以前我就发现，写日常小事，写内心琐碎感受，写生活中那些不太重要却如此贴近的东西，是我唯一能赋予热忱和优雅的文学创作。作为一名记者，我很有挫败感，因为我采访回来，内心充斥的不是事件的具体实情，而是一路上遇到的各种琐碎困惑和趣闻。在《纽约客》问世前，我未曾找到任何可以表达这些细枝末节的方式……有时候在描写自我（这是唯一所有人都熟悉的主体）的过程中，我会偶然体会到当手指触及真理核心时的那种极度快感，并听到在我施与的压力下人类所发出的那一声微弱的厉喊，那声音好古怪。"这段话写于一九二九年，怀特的名篇《重游缅湖》（一九四一年）、《一头猪的死亡》（一九四七年）要过很多很多年才诞生，但他对自己写作的认识早就清晰而明确了。

芝加哥大学的斯科特·埃尔吉要写一部怀特的传记，为此他花了十六年，一九八三年才终于出版。怀特晚年，剩下的那点视力很多用在读传记的手稿上了。

他常常会可怜传记作者，因为，"我自己的一生并没有那么激动人心，并未充满情色暴力。我知道，要为一个一生缩在打字机前的家伙写传记该有多么困难。这也是我的命"。"在为我写传记的人比我情况还糟糕。他肺部有问题，而且一直忧心忡忡，因为找错了写传记的对象。不管怎么说，我不是诺曼·梅勒，没有娶上七个老婆，也没能偶尔动动刀子。脑子正常的人决不会挑我来写传记。"

他也会抱怨传记作者，那么多的来信，那么多的问题，"斯科特对自己的研究太着迷，无论再细碎再无趣的东西，都舍不得丢掉”。他给斯科特的信里说：“我觉得，即使你已经做了一些删节，文稿还是太长。最可怕的事实是，我的一生并非如此有趣。我看着看着就睡过去了，尽管写的是我自己的事情。”

传记出版后，怀特致信斯科特，描述了这样的情形：“你的文字对我产生了奇妙的作用，我慢慢读下去，一天又一天，一夜又一夜。时而流泪时而发笑。流泪是因为回想起了过去的好时光，因为对凯瑟琳的回忆奔涌而出，笑是因为再次发现自己一直就是个愚蠢之极的家伙。大部分时候我是在笑自己，少数是笑这本书的作者，笑他陷在诠释性文字的乱线团里抽不出身……读起来很耗人感情，这倒没料到。它让我筋疲力尽，但心满意足。”

怀特生命的最后阶段，患有老年痴呆症。他喜欢听儿子为他朗读自己的作品。听完，怀特会问儿子，文章是谁写的。儿子答道：“是你写的，老爸。”

短暂的沉默之后，怀特说：“嗯，是不错。”

二〇〇九年八月三十日

“我很可能什么也没干，除了给鸟儿换水”

人有时候会渴望，稍稍偏离一下循规蹈矩的日常轨道；随笔作家尤其可能如此。因为，按照E·B·怀特的说法，随笔作家是些自我放纵的人。他自己呢，在为《纽约客》差不多每周写一篇“时闻杂谈”一类的稿子，写了十多年，赢得美誉和尊重之后，一九三七年，决定离职一年。

他当然清楚，“在当今世上，任何一位辞掉薪水工作的人都令人怀疑；此外，在一个井然有序的家庭里，任何偏离日常生活的行为都会引起警惕”。所以，他必然会被相关和不相关的人要求，解释一下自己的行为。

怀特是个聪明人，他预先就解释。他给妻子凯瑟琳写了一封信。这封信收在怀特书信集里，书信集中文版名为《最美的决定》（张琼、张冲译，上海译文出版社，二〇〇九年）。

“首先，是我为什么要放弃工作的问题。”这个问题容易回答，譬如工作一成不变让人厌烦，每周按时交稿让人持久地焦虑，等等。

难回答的是，辞了工作以后干什么。这是很多人关心的问题。“大体说来，我的计划就是没有计划。不过每个人都会有秘密规划，我也不例外。写作是一种秘密恶习，就像自我虐待。一个对这样或那样事物充满了诗意渴望且备受渴望煎熬的人，会去寻找一种才智和精神的隐秘之处，并沉溺于此。”

显然怀特并没有把他的秘密规划说清楚。或者他自己也没想清楚，或者他并不想说清楚。他想写一首自传体长诗，但他不愿意和任何人，即使是亲密的妻子，谈这个事。对有些作家而言，存在着一种神秘的禁忌，即：如果在作品还没有写的时候就说了出来，极有可能就再也写不出来了。重点还不在这里，怀特最终也没有完成这首长诗；重点在，这个秘密规划本身并不是这一年里一定要去做、要做好、要完成的事。“如果到了年底，除了一大碗烟蒂外一事无成的话，我也不会为此患得患失。”

那么，你到底要干什么?

“我只是想说遵从男人古已有之的那种来去不定、无拘无束的特权……我要有几次游历……我可能会花大量时间在公园、图书馆、火车站候车室，那里是我在享受这些宜人生活前徜徉的地方。吃饭时间也许无法固定，因为在这十二个月中，我不会为餐饮时间而改变行程。希望这话听起来不像是忘恩负义，也不是一次独立宣言，我只想借此告诉你，我有了新规则，怎么想就怎么干，而不是固定的家庭劳务和办公室工作。我想有一个重要特权，即不回家吃晚饭，除非碰巧，我并没计划缺席，也没计划出席，只是没有计划。”

就是这些。

“我恳求你不要把这事或我想得太严重。我还是原来的这个老家伙……我不想让你蹑手蹑脚地在客厅里来回走动，让其他人别打搅我，因为我很可能什么也没干，除了给鸟儿换水。不过我希望你能大致理解我在这段宽限期内的心中所想，希望当你看到我在某个周四下午冒雨离家去贝尔波特时，即使内心窝火，也能泰然面对。”

怀特的幸运在于，他的妻子凯瑟琳，《纽约客》的小说编辑，能够读懂他的信。她曾经在怀特某本随笔勒口处的作者介绍里加上一句“最重要的随笔作家之一”，当然了解随笔作家的一般习性。

随笔作家享受随笔这种文体的自由自在、无拘无束，进而越出文体，要求享受自由自在的生活和无拘无束的存在，在文体和生活之间，好像有一个通道。不过，在我看来，随笔这种文体对自由的追求，无论是强度、力度还是幅度，其实都不算特别大，有边界，有尺度，当然不是无限的。这不，在“年假”之后，怀特又重返《纽约客》的“新闻杂谈”，一直写到他八十三岁视力不济为止，前前后后写了五十六年，他自己计算过，“共二万零一百四十天，还不算闰年”。

二〇〇九年九月一日

写这些被生活淹没了的人

——雷蒙德·卡佛和他的小说集《大教堂》

一

很多年前，我读到雷蒙德·卡佛的短篇《这么多水，离家这么近》(*So Much Water so Close to Home*)，内心震惊，又无以言表，就此开始搜集卡佛作品。我在广州买到一本小小薄薄的《你在圣·弗兰西斯科做什么？》（于晓丹译，花城出版社，一九九二年），又从朋友那里借来台湾版《浮世男女》(张定绮译，时报文化出版企业有限公司，一九九四年）长期不还，还从北京找回一本“英语注释读物”《雷蒙德·卡佛短篇小说集》（中国对外翻译出版公司，一九九二年）。那真是值得追忆的阅读年代。没想到的是，那差不多已经是激情阅读年代的尾梢了，十多年之后，我好像是得了文学阅读疲乏症，面对唾手可得的大量作品，却长久提不起兴致。就在这个疲乏症持续蔓延的时候，卡佛的《大教堂》（肖铁译，译林出版社，二〇〇九年）出现在眼前，就像预感到的那样，我再一次被卡佛的小说所吸引和打动。

中文版《大教堂》的前言出自村上春树的手笔，不知道这是怎么回事，也许是借用了日文版的前言，但不必管它；我感兴趣的是村上也是从我上面提到的那个短篇（又译《脚下流淌的深河》《水泊离家那么近》等）谈起，他说一九八三年“偶然从一本选集里读到，便认定为杰作，深受感动，不能自已，一口气将它译了出来”。“第二年我去华盛顿州奥林匹亚半岛，登门拜访卡佛，和他面对面交流。那时候我根本没想到过，自己会亲手把他的作品无一遗漏地全都翻译出来。”

二

卡佛曾说：“所有我的小说都与我自己的生活有关。”而他自己的生活，怎么表述呢，用温和的说法是，“我自己过的生活不合我的身”。

《大教堂》里有一篇极短的《约瑟夫的房子》，说的是一个戒了酒的老男人魏斯，租下一套房子，打电话请求分开的妻子一起来住：“埃德娜，从这儿的前窗，你就能看见海，能闻见空气里的咸味。”于是，那年夏天，这一对经历了很多事的夫妻消磨他们安静的日子。有一天房主约瑟夫来说，他女儿要来住这处房子。魏斯走进屋，把帽子和手套扔在地毯上，然后一屁股坐在一把大椅子上。“瑟夫的椅子，我突然想到。而且也是瑟夫的地毯。”

魏斯说：“到现在为止，这是我们幸福的房子。”他们的儿女都大了，有各自的生活。魏斯说他希望他能重新做一次父亲，而且这次能做得好一些。“我说，他们爱你。”“不，他们不爱。魏斯说。”

“魏斯站起来，拉下了窗帘，就这样，一下子，海就没了。我进屋去做晚饭。冰柜里还有些鱼。别的就没什么了。我想，那就是结束了吧。”

卡佛的小说写的大多是这样的人，“中低下产阶级”，“后来变成已经不再是‘中低下’级，而成了美国生活里最绝望也最庞大的下层土壤。这些人无法完成他们经济与道德上的义务和职责。就在他们中间，我生活了很长一段时间”。

卡佛一九三九年出生在俄勒冈西北部的小城克拉特斯卡尼，父亲是个锯木工人兼酒鬼，母亲做饭馆招待和零售推销员。卡佛高中毕业就到锯木厂工作，十九岁结婚，二十岁就有了一个四口之家，却居无定所，之后的二十多年里，卡佛带着全家从一个城市辗转到另一个城市，做过一个又一个临时工：加油工、清洁工、看门人、替人摘郁金香、在医院当守夜人兼擦地板，如此等等。“从我还是个十几岁的孩子开始，我就无时无刻不担心自己身下的椅子随时会被人移走。一年又一年，我爱人和我整日奔波，努力保住自己头顶上的屋顶。”

卡佛一生只写短篇小说和诗歌，还有一些散文，是因为不得不写那些能够“一坐下来就写，快速地写，并能写完的短东西”。

令人惊异的是，这样极端不安定的状态并没有使他放弃写作，他从六十年代初开始发表作品，但长期以来写作对他的生活没有带来一点点改善。他没有停止写作，同时也没有停止酗酒。他的小说里总是有酗酒的人，他常常写到酗酒，写到酗酒给生活带来的一团糟，写到试图从酗酒中挣扎出来的努力。一九七四年他不得不因为严重的酗酒问题辞掉好不容易得到的工作，一九七六年又不得不把几年前好不容易买来的第一栋房子卖掉，以付清因酗酒造成的住院费。

读过卡佛的小说，就会同意肖铁在译后记中的描述：“在卡佛的大部分作品中，贫困和绝望不是回忆中的过去时，而是小说人物以及卡佛自己的生活现状。”卡佛是“写失败者的失败者，写酒鬼的酒鬼……失败不是故事的开始，也不是故事的结束，而是他们故事的全部。生活的变质和走投无路后的无望，不是人物性格命运的转折点，不是通向某种解脱或升华的中转站，而是人物的常态。卡佛不是在绝望中寻找希望的作家，而是一个鲜有的能够以悠长的凝视直面无望的失败者”。

卡佛自己并不觉得写这样的人物有什么特别或反传统之处，多少是为自己辩护，而事实上也确实如此，写这样的人物倒是文学的一个传统，“一百年前，契诃夫就开始写这类被生活淹没了的人了。短篇小说作家一直是这样做的”。

三

一九七七年卡佛戒酒，生活也出现了转机。到一九八〇年，他甚至有了稳定的大学教职。一九八一年出版《当我们谈论爱情的时候，我们到底在谈论什么》，这是他第三本小说集，后来被尊奉为极简主义文学的典范。一九八三年他获得美国文学艺术院颁发的“施特劳斯津贴”，就此不必为生计发愁，辞职成为职业作家。

《大教堂》里面的十二篇小说写于一九八二年到一九八三年间，卡佛自己也感觉到：“在这期间，我自己的生活状态变了很多，显然生活中的变化带动了我写作的变化。《大教堂》中的小说，与我过去的小说相比，都更加丰满一些，文字变得更慷慨，可能也更积极了一些。”

这样的变化当然是发生了，但要说这个变化对小说基本面貌有多少改变，无论如何还不能夸大。以《约瑟夫的房子》为例，这一对分开来的夫妻在短暂的相聚期间，是平静和安闲的，魏斯甚至说出了“这是我们幸福的房子”这样的语言，而这样的平静、安闲和“幸福”之感，在卡佛以前的小说里很难找到；但没有改变的是，生活仍然会把他们驱赶进泥潭里去。

在不夸大变化的前提下，却应该珍惜这些“积极”的变化。像《好事一小件》和《大教堂》，篇幅明显长了一些，里面的人物之间，出现了卡佛以前小说里缺乏的交流、和解，甚至是理解和温暖，尽管这短暂的理解和温暖不足以改变生活上的麻烦和精神上的困境，但毕竟出现了这样明亮一点的东西。

一九八八年，卡佛五十岁去世，安稳写作的日子只享受了五年。他的遗稿中有一篇《柴火》，倒确实“更积极了一些”。梅耶在戒酒所里呆了二十八天，这期间，他妻子跟另一个酒鬼跑了。梅耶拿了点东西，住进出租的房间里，给他的妻子写一封很长的信，“没准是他这辈子写的最重要的一封信”，他希望有一天她会原谅他。房主有一卡车的木头要锯成柴火，梅耶要求来干这活。“你知道怎么用电锯吗？会用斧头和锤子吗？”“你可以教我，梅耶说。我学得很快。对他来说，锯那些木头是一件重要的事情。”他锯的时候感到了一种节奏，就跟着节奏锯。晚上他在笔记本里写道：今天晚上我的衬衫袖子里有锯末。是一种香甜的气味。木头锯完的那天，梅耶打算走了。晚上他打开窗，看着窗外的月光和白雪覆盖的山巅，他看着黑暗中那堆锯末，车库门洞里那些码好的木头。他听了一会儿河水的声音，房主曾经告诉他，那是全国流速最快的一条河；他让窗户敞着，就能听到河水冲出山谷流进大海的声音。

四

极简主义文学说得通俗点，就是给文学“做减法”。译后记对卡佛的“做减法”有个简洁有力的描述：“就像生活把卡佛小说中的人物毫不吝惜地剥了个精光一样，卡佛把自己的文字削到瘦骨嶙峋。”如同许多作家反感贴在他们身上的标签一样，卡佛也不喜欢极简主义这个牌子。当初是不得不选择那些坐下来一次就能写完、最多两次写完的短东西，哪里会想到后来成了被追捧和模仿的风格。

但卡佛小说的“瘦骨嶙峋”确实带来了特殊的艺术效果，卡佛愿意把他自己的方式和海明威的路子联系在一起，他这样认为：“是什么创造出一篇小说中的张力？在一定程度上，得益于具体的语句连接在一起的方式，这组成了小说里的可见部分。但同样重要的是那些被省略的部分，那些被暗示的部分，那些事物平静光滑的表面下的风景。我把不必要的运动剔除出去，我希望写那种‘能见度’低的小说。”

《大教堂》的译者特意从卡佛的随笔和访谈录中挑选了一些自述性文字，附在小说集后面，以便于读者对卡佛文学的理解。本文所引卡佛的话，也都出自这里。卡佛说话常常像他的小说一样朴实而又锐利，最后抄两段，你看看是否会像不少作家那些聪明、机智、漂亮的语言那样让你读来无动于衷，过后就忘了：

> 无论是在诗歌还是在小说里，用普通但准确的语言，去写普通的事物，并赋予这些普通的事物——管它是椅子，窗帘，叉子，还是一块石头，或女人的耳环——以广阔而惊人的力量，这是可以做到的。写一句表面上看起来无伤大雅的寒暄，并随之传递给读者冷彻骨髓的寒意，这是可以做到的。
>
> 文学能否改变人们的生活……我小的时候，阅读曾让我知道我自己过的生活不合我的身……我想，文学能让我们意识到自己的匮乏，还有生活中那些已经削弱我们并正在让我们气喘吁吁的东西。文学能够让我们明白，像一个人一样活着并非易事。

二〇〇九年一月二日

爱情、艳遇和世界

翻开米兰·昆德拉的《身份》的新译本，我又重新读了一遍熟悉的章节和段落。两年前读的是孟湄的译本，她把小说的名字译成《认》；眼前则是上海译文出版社的新书，董强的译笔。

尚塔尔为身体的衰老而伤心——“男人们不再回头看我了。”她的情人再怎么爱她，再怎么说她美，也没有用，爱情的目光安慰不了她。

为什么呢？

先看看什么是爱情的目光吧。爱情的目光是把一个人从一群人当中挑选出来的目光，是把一个人从纷繁的世界中分离出来的目光。换句话说，爱情使相爱的人与他们之外的世界隔绝。

现在，敏感到“身体渐进的熄灭过程已经开始”的尚塔尔，需要的不是爱情的目光，“而是陌生人的、粗鲁的、淫荡的眼光的淹没，这些眼光毫无善意、毫无选择、毫无温柔也毫无礼貌，不可逃脱、不可回避地投注到她身上。正是这种目光将她保持在人的社会群体中，而爱情的目光则将她从中拉出来”。

也许是，人们需要爱情，是因为需要从社会和世界中脱离出来；而爱情不能持久，是因为人们不能一直与社会和世界隔绝。人更需要爱情，还是更需要世界？人更需要一个唯一的人，还是人的群体？

很多年前，尚塔尔在即将成人之际，想象自己是四处扩散的玫瑰香，征服四方。“她希望就这样穿透所有男人，并通过男人，去拥抱整个世界。玫瑰四处扩散的香味：那是对艳遇的隐喻。”

可是，爱情让她满足，让她觉得宁静而幸福，让她觉得不需要世界。“她因自己毫无艳遇而高兴。艳遇是一种拥抱世界的方式。她不再希望拥抱世界。她不再去想这个世界。”她对自己说，她对情人的爱是一种异端行为，是对人类共同体不成文的法令的违背，而她正远离着这一人类共同体。

而终于有一天，当她发现“男人们不再回头看我了”，她想到了这个世界，想到了少女时代关于艳遇的玫瑰香的隐喻。

爱情和艳遇就是这样不同：爱情是一种脱离世界的方式，艳遇是一种拥抱世界的方式。爱情是封闭的，它背对世界；艳遇是敞开的，它通向世界。爱情是对唯一的不断确认，艳遇是对可能的想象和追求。它们和世界之间的关系是如此相背。

为什么人需要爱情，而且还需要从爱情中挣脱出来？为什么有爱情，还有艳遇？爱情能够变成艳遇吗？艳遇会变成爱情吗？艳遇变成爱情是对艳遇的背叛吗？

这些不能一口说死的问题，如果从人与世界的关系来看，会看出点意思来。《身份》有意思的地方当然不只这一点，只是我就想说这一点。换一个读者，对这一点或许就不以为然了——你完全可以不理会尚塔尔的感受，跟昆德拉这老头抬杠。

二〇〇三年四月十二日

简单说《无知》

米兰·昆德拉一九七五年来到法国，现在已经快三十年了。这么长的时间，一个流亡者和故乡之间的关系，会逐渐产生什么样的变化？譬如说，当你可以自由地返回祖国的时候，你还是以前那样的“流亡者”吗？更为现实的是，当你可以回归故乡的时候，你自己还想回去吗？还回得去吗？

回归故乡的冲动和愿望，也许从来就不是单个人的自我决定和选择，祖先的记忆和文化的传统里早就埋下了这种冲动和愿望的种子，它会在不同时代不同情境中的个人的心中破土生长。昆德拉深知这粒种子的神奇魔力，他的小说《无知》（许钧译，上海译文出版社，二〇〇四年）就是从探讨这种回归的神奇魔力开始的。他的探讨其实是置疑。古希腊文化黎明时期的伟大史诗《奥德赛》是表现这种神奇魔力的奠基性作品，尤利西斯（尤利西斯即《奥德赛》主人公奥德修斯，编者注）是有史以来最伟大的思乡者，他参加战争十年，然后又用十年时间才回到故乡伊塔克。昆德拉说，二十年里，尤利西斯一心想着回故乡；可一回到家，在惊诧中他突然明白，他的生命，他的生命之精华、重心、财富，其实并不在伊塔克，而是存在于他二十年的漂泊之中。这笔财富，他已然失去——这是昆德拉的看法。

也许还不能说《无知》是“反《奥德赛》”的作品，但昆德拉确实是在怀疑和瓦解回归故乡的古老冲动和愿望。他的主人公，离开捷克二十年，伊莱娜生活在法国，约瑟夫生活在丹麦，他们返回捷克，就等于是要把这二十年已经建立起来的生活从生命的肢体上截去。为什么会有这样的恐惧呢？小说重笔写了这样一个场景：伊莱娜回到故乡后，在一家餐馆订了个包间，请过去的朋友。她还特意带了一箱波尔多葡萄酒。可是这些朋友习惯地喝起啤酒，她们举杯相碰，为归来的伊莱娜干杯。伊莱娜抿了一小口啤酒，心想：她们拒绝了她的葡萄酒，也就是拒绝了她本人。“其实，这正是她要赌的：赌她们是否接受重新归来的她……她想尽一切努力，要让她们接受她，连同她二十年的经历、她的信仰，还有她的思想。成败在此一举：要么以现在的样子成功地融入她们中间，要么就不能留在这里生活。她组织了这个聚会，作为自己攻势的第一步。她们非要喝啤酒，那就让她们喝啤酒好了……”

约瑟夫回到捷克，他听着自己的母语，觉得是在听一门陌生的语言，尽管他听得懂每一个词，可是声调变了，音色变了。变化了的声调和音色，完全不能唤起一个流亡者对祖国语言的依恋。讽刺的是，他在偶然相遇的伊莱娜那里获得了语言的安慰：伊莱娜说了句粗话，昆德拉接下来的描述是：“这真是出乎意料！令人陶醉！二十年来，他第一次听到这些捷克粗话，他顿时兴奋不已，自从离开祖国后，从来没有这么兴奋过，因为这些粗话、脏话、下流话只有在母语（捷克语）中才能对他产生影响，而正是通过这门语言，从其根源深处，向他涌来一代又一代捷克人的激情。在这之前，他们甚至都没有拥抱过。但此时，他们兴奋异常，在短短的数十秒时间内，便开始做爱了。”

《无知》集中写出了纠缠着昆德拉的与故乡之间的关系问题。这个问题，纠缠了他很久。在《被背叛的遗嘱》里，他曾经做过“移民生活的算术”，计算的都是没有回归祖国的作家和艺术家的移民岁月，这些人是：约瑟夫·康拉德、博许斯拉夫·马蒂努、贡布罗维奇、纳博科夫、卡齐米日·布兰迪斯。他说，移民生活的困难是他们总在受着思乡痛苦的煎熬，然而更糟糕的还是陌生化的痛苦：曾经十分亲近的东西变得日渐陌生，就像他多年之后写《无知》里约瑟夫对捷克语的感觉。在《被背叛的遗嘱》里他就说，只有在长期的游子生涯之后的回归故乡才能揭示出世界与存在的实实在在的奇异。那也许就是对《无知》的预告。

但是，仅仅从流亡者或移民的角度来探究移民与故乡之间的关系，也许可能会产生不那么公平的结论。譬如说，伊莱娜的那些朋友们为什么就不能和日常生活中一样地粗俗地喝啤酒，而非要有修养地喝高贵的法国葡萄酒呢？捷克语的声调和音色经过二十年而产生变化，难道不是可以理解的？如果不能跳出自我中心的狭小格局，视野里呈现的人与事，以及据此立论的评说，也就不一定让人信服，虽然昆德拉是个极具说服力的作家。

二〇〇四年七月二十日

和写书的那个人见面，还是不见

钱锺书曾经在电话里对一位求见的英国女士说："假如你吃了个鸡蛋觉得不错，何必认识那下蛋的母鸡呢？"这句俏皮话经杨绛披露后，引用率还真不低。

二十世纪的"新批评"理论，强调对于文本的细读；至于文本的作者，还是要想办法"隔开"，否则就可能受其影响，走入迷途。"新批评"提醒，来自于作者的"意图的谬误"，可要当心。

但话又说回来，杨绛说钱锺书那样"既欠礼貌又不讲情理的拒绝"，让她"直耽心他冲撞人"，所以写了《记钱锺书与〈围城〉》。这或者可以解释为对那些不认识钱锺书却又很想认识的读者的一种补偿？无论如何，对于想认识"下蛋的母鸡"的人，多多少少是一种满足。

两千多年前，孟子有言："颂其诗，读其书，不知其人可乎？"这句古训，也可以拿来作为认识"下蛋的母鸡"的理由。

当然，"知"，或者"认识"，并不是求见一面；就算见上一面，也未必就能达成"知"或者"认识"。况且绝大部分经典著作的作者，和读者时空遥隔，没有时光倒流机和空间穿梭器，徒叹奈何。更何况在今天，求见拜访，差不多是追星族的行为，读书人与字纸相晤，怎么可以同流于粉丝与明星面对面。

不过，所有这些理由都不能泯灭与伟大作者接触的愿望。

如果有这样幸运的事情发生——事实上，这样的事情并不罕见——会是什么样的情形？可能会有什么样的结果？

约瑟夫·布罗茨基多年后回忆他青年时代与前辈诗人安娜·阿赫玛托娃（一八八九——一九六六）的见面时，早已在世界诗坛盛誉加身，也许这样的时候更能让他意识到那些会面的意义。“我说过，与阿赫玛托娃的每一次会见对于我都是极为出色的体验。这时，会切身感受到遇上了一个比你优秀的人。优秀得多。和用一种语调改变了你的人在一起。阿赫玛托娃仅凭嗓子或一扬脑袋就将你转化成人。我想，无论以前或以后都不会发生类似的现象了。也许当时我还年轻。发展的阶段不会重复。和她聊天，或不过和她喝茶，喝伏特加，你很快就变成基督徒——一个基督教意义上的人——比阅读有关的文本或进教堂更有效的。”

这是一种无与伦比的体验，发生在文本之外，带有某些神秘性，却也是最切实的。所以布罗茨基会从不同的角度，反复地谈到与阿赫玛托娃的会面。“我们接近她不是为了赞扬，不是为了文学的好评或者为了对我们文学的期许，至少不是我们全体，我们走向她，是因为她使我们的心灵在活动，是因为她的在场令你仿佛否认自己，否认了你处的心灵的、精神的——我不知道怎么称呼它——水准，你会为了她所使用的语言而否认你与现实交流时所使用的‘语言’。”

与伟大的作者会面，有时候情形可能变得比较复杂，比布罗茨基体验的还要复杂。

苏珊·桑塔格（Susan Sontag，一九三三—二〇〇四）写过一篇题为《朝圣》的小说，里面的女主人公和作家本人在精神成长上具有密切的相似性。一个早慧的高中生，十四岁，读书和音乐让她进入忘我的状态。一九四七年的一天，她买到一本《魔山》。“在整整一个月的时间里，这本书都在我的房间里，我几乎是一口气把它读完的。我本来想细嚼慢咽地读这本书，但兴奋和激动使我不能这样做。在读到三三四页到三四三页，汉斯·卡斯托普和克拉芙蒂娅·乔查特谈爱情的时候，我还是放慢了速度。他们说的法语，我没有学过法语，但我不愿意跳过这一段，于是我买来一本法英词典，一个字一个字地查阅他们的对话。读完了这本书，我实在舍不得放下，就以读这本书应该用的速度，每天晚上朗读一章，又从头到尾把它重读了一遍。”

她把书借给朋友，朋友提议：“我们为什么不去看看他呢？”那个时候，托马斯·曼（Thomas Mann，一八七五——一九五五）从希特勒统治的国土流亡美国，正居住在同一座城市里。

这个提议马上让她的阅读喜悦和对作家的敬慕之情，变为羞愧和难为情。“我有他的书。”——“我不想和他见面。”——可是朋友已经通过电话约好了。“我在忐忑不安中度过了一个星期。我将被迫去见托马斯·曼，这似乎是一件极为不妥的事情，而他要浪费时间来会见我则是一件显得十分荒唐的事情。”

这一天终于来了。“我对他充满敬畏，他就在我的面前，这使得我在开始的时候只看到了他而看不到别的东西。现在我开始多看到一些东西了，例如，他那显得有点凌乱的桌子上的东西：钢笔、墨水台、书籍、纸张，还有一套装在银框里的小照片……此外便是书，书，书，几个从地板到天花板的大书架上面全都堆满了各种各样的书。和托马斯·曼在同一间屋子里，这真是一个令人激动，令人惊异的伟大事件。但是，我也感到了我所看到的第一个私人图书馆对我的诱惑。”

整个的会面过程——谈话，喝茶，吃小点心——因为敬畏和难为情的交织而让这个女孩内心紧张，甚至她都巴不得赶快逃掉。“我现在身处文学世界的觐见室里，我渴望生活在这个世界中，即使是做一名地位最卑微的公民（我根本没有想到告诉他我想当作家，这和告诉他我在呼吸一样毫无意义。我在那里——如果我必须到那里的话——是作为一个崇拜者，而不是想要和他平起平坐）。我在这里见到的这个人只会说一些格言警句，虽然他就是写托马斯·曼的书的那个人；而我说出的都是一些傻乎乎的话，虽然我的心里充满了复杂的感情。我俩都没有处于最佳的状态。”

多年以后，她也成了一名作家。终于，她可以为当年自己的敬慕和难为情在精神成长中找到准确的位置，找到它们所开启的未来的可能性。“我现在仍然能感觉到自己从令人窒息的童年中解放出来时的兴奋和感激。是敬慕之情解放了我，还有作为体会强烈的敬慕感的代价的难为情。那时我觉得自己已是个成年人，但又被迫生活在孩子的躯壳里。后来，我又觉得自己像一个有幸生活在成人的躯壳里的孩子，我的那种认真热情的品质在我的童年时期就已经完全形成，它使我现在还继续认为现实还未到来，我看到在我的前面还有一片很大的空间，一条遥远的地平线。这就是真实的世界吗？四十年以后，我还是像在漫长而累人的旅途上的小孩子一样，不停地问着‘我们到了吗？’我没有获得过童年的满足感，作为补偿，我的前方总是呈现着一条满足的地平线，敬慕的喜悦载着我不断向它前进。”

一个害羞、热情、陶醉于文学的女孩和一个流亡文学家的会面，变成了一次朝圣。朝圣，并非只是当时的强烈体验，时过境迁，那种强烈体会的敬慕的喜悦和难为情，仍然有能量释放出来，把精神的发展推向现在和将来。

二〇〇九年十月一日